サエズリ図書館のワルツさん 2

紅玉いづき

戦争《ピリオド》の影響と電子書籍の普及により、紙の本が貴重な文化財となった近未来。“特別保護司書官”のワルツさんが代表を務める、本を無料で貸し出すサエズリ図書館を舞台に、本を愛し本に導かれた人々の物語が始まる──。就職活動に全敗し、希望していた専門職の試験も体調不良で棄権してしまったチドリさん。自信を失った彼女は、鮮やかな職人技を持つ老図書修復家に魅せられた後、サエズリ図書館で彼と再会するが……。図書修復家達が再出発する中編、ワルツさんと電子図書館司書との対立を描く短編や、書き下ろしをほかを収めた、シリーズ第2弾！

サエズリ図書館のワルツさん 2

紅 玉 い づ き

創元推理文庫

WALTZ OF SAEZURI LIBRARY 2

by

Iduki Kougyoku

2013

目次

サエズリ図書館のワルツさん　2

第一話　サエズリ図書館のチドリさん

紙のにおいは総じて甘くかぐわしい。

年月を重ねたものは埃《ほこり》っぽく、新しいものは薬品の存在感がある。

ごく一般的に紙魚《しみ》と呼ばれる害虫が最も好んで食するのは、糊《のり》付けした和紙であるという。本に穴をあけるのはシバンムシと呼ばれる種類だが、紙魚は紙の表面を舐《な》めるように食べる。

紙面の組織は昆虫の羽のように薄くなり、いつか朽ちる。しっかりと燻蒸《くんじょう》をし、温度や湿度の管理された倉庫におさめたとしても、年月を逆行することは出来ないし、やはり、読まれる本にこそ価値がある、と思う。

本は骨董品《こっとうひん》ではない。これほど高価になった、今でも。

人の手に触れる本は害虫の食害にあうまでもなく、年をとるように劣化していくし、不慮の事故で壊れたりもする。

けれど、人の手でつくられたものが、人の手で直せないはずはない。道理の上では。

(直せない本はない)

紙を漉《す》きながら、図書修復家は思う。

朽ちない本はないし、直せない本もない。

まるで盾と矛のような話だ。

修復家をとりまく作業室は、長い年月を感じさせ、一方で時間を止めたようでもあった。棚には様々な種類の紙があり、飴色《あめいろ》や濃い木の色、古い金属の味わいをかもす道具が並べられている。

もとは小学校の工作室や理科室に似た場所だったのだろう。そこに、道具達が住み着き、味わい深いものとした。

その中で修復家は、虫に食われた古書を修復しようとしていた。

虫に食われた本を見て、美味《おい》しそうだと言っていた人がいたなと、図書修復家はふと思い出にとらわれた。

彼女もまた本の虫であったのだろう。

修復家はきゅっと長い髪を後ろで結んだ。そうすることで気持ちが切り替わり、仕事がはじまるのだった。

並べられた道具はいつも順番が決まっている。ナイフとカッターは紙や糸を切るため、筆は糊をのばすのに使い、紙を平らにするための石やへらもある。目印をつけるペンだけは、特殊な粒子を使った最新鋭のもので、そのペンのインクは特殊な条件下でなければ目視することが出来ない。まだ多くの道具があるが、その並べ方と定位置もまた、彼女が受け継いだものだ。

図書の修復がはじまる。集中と緊張を繰り返す、手仕事が、これから。

作業室には、若い修復家、壊れた本。それらを包むように、数々の道具だけが、山と積まれている。

時間を止めたような、この部屋のもとの主は、今はここにいない。

＊

その客人は、まだ雪の気配の遠い、冬の初めにサエズリ図書館の入り口をくぐってきた。背の低い、若い女性だった。マフラーをして、紺色のコートを着込み、マスクで口元を隠していた。丸い顔に丸い眼鏡《めがね》をかけて、量の多い黒髪を、うなじで結んでまとめている。寒さにも負けずに、肌色のストッキングと、真っ黒のパンプスがコートの下から見える。肩からかけていた黒い革鞄《かわかばん》に、不思議な既視感を覚えて、カウンターに座るサトミさんは心の中だけで首を傾《かし》げる。

見たことのない来館者だとは思うのだけれど。

その女性はサエズリ図書館の本の多さに気圧《けお》された様子で、おそるおそる足を踏み入れ、けれど特にどの本を手に取ることもなく、ぐるぐると館内を三周回った。カウンターに座るサトミさんは律儀にその回数を数えていた。外は一際《ひときわ》風の冷たい日で、客も少なく、つまるところ、暇だったからだ。

三周回って、中央カウンターにさしかかったその女性と、サトミさんの目がばちん、と合った。サトミさんはサエズリ図書館の有能な正規職員で、客の資料検索《リファレンス》はもちろん業務内容に入っている。この図書館の代表であり、特別な司書でもある「彼女」ほど見事には出来ないとしても。だから、目が合ったからには、声をかけないのも不自然だった。「本を、お探しですか？」という常套句《じょうとうく》を告げようとしたサトミさんの言葉を遮《さえぎ》るように、女性はパンプスのヒールを鳴らして中央カウンターまでやってくると、身を乗り出した。

「あの！」

マスクを外して顎《あご》にかけると、ファンデーションが落ちたせいだろう、そばかすの浮いた肌が見えた。やはり、若い女の子だなとサトミさんは思った。そしてコートの隙間から、白いブラウスと黒いスーツが見えたので、ああ、と思った。

（就職活動生）

覚えた既視感自体に間違いはないだろう。サトミさんがごく普通の一般企業を辞めてしまってずいぶん経つけれど、駅の周囲で就活生を時々見かける。春先になると芽吹く若葉のように数が増える、彼ら彼女らの服装は、何十年も変わっていないように思える。

内定という安定の地を探す彼らは、盛りの季節ではなくても、熊のように冬眠しているわけにはいかない。少なくとも、進路が決まるまでは。目の前の就活生からは、嫌味のない洗剤の甘いにおいがした。毎日軽く香水をつけてくる、サトミさんとは対照的なにおいだ。

そして相手は勢いのまま、サトミさんに言った。

「こ、ここで、働きたいんですけど！」

たっぷり三十秒ほど、サトミさんは沈黙した。それから、生来の低い声で応えた。

「正規職員の募集は今、なかったはずだけど」

サエズリ図書館の正規職員は現在サトミさんだけだったし、必要だとも聞いていない。新しく募集を行っているという認識もなかった。

「いえ！」

ぶんぶん、と首を横に振った。黒いマフラーの先が揺れる。手編みかもしれない、珍しい……とサトミさんがそちらに気を取られているうちに。

「わたし、大学生なので！　普通に働いたり出来ないんですけど、インターン、ううん、ボランティアでいいんです！」

ここで、働かせてください！　ともう一度、頭を下げる。サトミさんは、その、つやとこしのある髪の根元をしばし眺めると、無表情に浅いため息をひとつついて。

「……責任者を呼びましょう」

傍《かたわ》らの端末に、手を伸ばした。

二十七件目の面接を受けた帰りの電車の中、二十五件目の面接の結果がメールで知らされた。

千鳥《チドリ》蓉子《ヨウコ》さんにとっては、二十五回目の、お祈りメールだった。

（神様になれそう）

活躍とか、幸せとか、振り解《ほど》かれた相手に祈られるんだから。どちらかといえば、応募者の方が神様なのかもしれない。

ひとよりずいぶん長く続いた就職活動で、もらえる答えは祈禱《きとう》ばかり。だからもう、今更ショックなんて――。電車の中で端末を見ながらそんなことを思っていたら、吐き気がしてきた。

これはまずいと思って、暖房の効いた電車から降りたのが、さえずり町の駅だった。そしてそのまま、地図と標識を頼りに、サエズリ図書館にたどり着いた。それが、一ヵ月前のことだ。

それから、なんでこんなことになってしまったのだろうと、自分の人生に疑問を持たなかったかといったら、嘘になる。

「図書館ははじめてですね」

事務室のソファに腰掛けたワルツさんが笑いかけた。

ワルツさんはサエズリ図書館の「代表」であり「責任者」だと自己紹介したけれど、その重々しい言葉が似つかわしくない、若く綺麗な女性だった。割津唯《ワルツユイ》という本名はあれども、胸元のネームプレートに「ワルツ」と記された通り、図書館に通う人はみな、彼女のことを「ワルツさん」と呼んでいるのだという。

髪をひとつに結わえてきっちりと制服を着こなしながら、やわらかな雰囲気を纏《まと》うワルツさんのことを、苦手だな、と千鳥さんは思った。

千鳥さんはソファに座り、膝《ひざ》の上で丸めたコートをぎゅっと握る力を強める。息がしにくく、苦しかった。

午前中に受けた、採用面接を思い出す。距離が近くて、嫌だった。面接官は神経質そうな人で、視線が肌にピリピリと触れた。ワルツさんは面接官とは全然似ていないし、今もあの時のような不快感はなかったけれど、この人も、ちゃんとした大人だと思った。

ちゃんとした、人は苦手だ。自分がちゃんとしていないから。

ちゃんとしていない人も苦手なので、千鳥さんは本当は、人間が全般的に苦手なのだった。

けれどワルツさんは人好きのしそうな笑みで、千鳥さんに話題を振ってくれる。

「大学生なんですね？」

「あ、はい！　この近くの……」

千鳥さんが通う私大の名前を出すと、ワルツさんは頷《うなず》いた。電車で二駅ほどの大学だった。

履歴書《エントリデータ》を出していれば聞かなくてもわかるような、基本的なこと。もちろん、就活で来たわけではないから、ワルツさんが尋ねてくるのは自然だった。

「この図書館のことは、どうして？」

『弊社のことはどこで知りましたか』

頭の中で、強面《こわもて》の面接官が言い直す。違う、と心の中で振り払う。そうじゃない。今、聞かれているのは、就活の面接じゃない。

口の中ががらがらに乾くのは、冬と暖房のせいでもないだろう。

『千鳥さんはちょっと、強情なのね』

と、大学の就活相談員は呆れながら言った。相手が喜ぶような、求めに応えるような、嘘やおべんちゃらを、どうしてもつけないのだろうと。

「え、っと、教授が——大学の教官が、話してて……」

だって、嘘はすぐにばれるだろう。俳優でもなんでもないから、思ってもいないことを、もっともらしく、言うことは、出来ない。

嘘がつけないんです。そう言ったら、相談員はお手上げというように、肩をすくめたっけ。

「わたし、大学では史学を専攻しているんですけど、それで」

「そう、そちらの教授が」

汗をにじませ、早口で話す千鳥さんの息継ぎに滑り込ませるように、ワルツさんはそう言って笑った。なぜ、そこを繰り返すのか、千鳥さんにはわからなかったけれど。

「それで、あの、この、図書館をすすめて、もらって」

ボランティアスタッフ募集の文字は、この図書館の公式サイトで見た。詳細については、お気軽に職員にお尋ねください、と記してあったけれど、決心をするまで一ヵ月近くかかってしまった。それも、勢いと偶然のようなものだった。

そして今、やっぱり来るべきじゃなかったのかもしれないと、心の中で後悔ばかりが渦巻いている。

丸めたコートをお腹《なか》に抱えて、奥歯を嚙む千鳥さんに、ワルツさんは首を傾げて。

「どうか、なさいましたか?」

多分、他の利用客にもそうするように丁寧《ていねい》に尋ねてくれた。

「いえ!」

慌てて千鳥さんは首を横に振る。ああ、だから自分はだめなんじゃないかと、自己嫌悪に陥

った。その気持ちを察したのか、ワルツさんは安心させるように笑いかけて、

「もっと肩の力を抜いてください」

と言ってくれた。それから、ワルツさんの方が力を抜くように肩を落として問いかけてくる。

「本を、読まれたことはありますか？」

千鳥さんは再び首を横に振る。それからはっとして「いいえ」と言い直した。ワルツさんの顔色を窺《うかが》い、場の空気が変わらないことを確認してから、そっと続ける。

「大学の、史料として扱ったことはあります。家の中を探せば……祖父母が持っていたかもしれません」

「では、どうして図書館で働いてみようと？」

重ねて問いかけられ、千鳥さんの手に汗がにじんだ。まだ説明が足りないのだと責められているような気がした。自分のことを話すのは苦手だった。そもそも、お喋《しゃべ》りは全般的に、得意ではなかった。

なにを言っても無駄だと思った。面接なんて、上手《うま》く取り繕《つくろ》うことなんて出来ない。だから、本当のことを、嘘のないことを、はっきりと告げようと思った。

「働いてみたい、って思ったのが、ひとつ、です」

アルバイトもしたことはなくて、インターンにもあまり馴染《なじ》めなくて。働く、ということをしてみたかったのがひとつだった。もちろん、お金をもらわないボランティアは労働とはいえないだろう。けれども、仕事らしい仕事を、やってみたかった。

それから。

「もうひとつは……本を知りたいって思ったんです」

「本を？」

ワルツさんが、聞き返すので。千鳥さんは頷く。

「本の、価値を、知りたいんです」

言ってから、こんな風には言うべきではなかったのかもしれないと思った。もっと、正直に、一から話して、わかってもらえばよかった。でも、今は、こうした言葉しか出なかった。

本当のことは言えない。

嘘も、つけない。

自分がないから。自分を、信じられないから。ただ。

「本が、高価で、素晴らしくって、その価値が、どれだけあるのかを」

本に触れて、知りたいのだと千鳥さんは言った。ワルツさんはその言葉に、一瞬視線を泳がせる。綺麗な指の、手のひらを頰にあてて。

「……どうして？　と、お聞きしたいのですが」

話すより先に、触ってもらった方がいいのかもしれませんね、とワルツさんは口にする。首を回して、館内の方を見ながら。ワルツさんはうん、と一度頷いて、千鳥さんに向き直ると、落ち着いた声で言う。

「むしろわたしの方から、お願いしたいです」

え？　と眉《まゆ》を上げる千鳥さんに、ワルツさんは言葉を重ねた。

「あなたにここで働いて欲しい、と思います」

企業からお祈りばかりされてきた、不採用ばかりだった千鳥さんには、聞いたことのない言葉として響いた。ここで働いて欲しい、その理由を、ワルツさんはこう述べた。

「そして、本の価値を、あなたが決めて欲しい」

ワルツさんは、微笑《ほほえ》むでもなく、諭すでもなく、水のように透明な表情で言う。

「値段じゃありません」

ふと、千鳥さんは思った。言葉を伝えるって、こういうことではないのか。

取り繕うでもなく、嘘を、つくでもなく。

「あなたが、大切に思うか、どうかです」

その気持ちが多分、本を残します、とワルツさんは言う。

やわらかく、けれど真っ直ぐな彼女の言葉に、千鳥さんは目を細め、なぜだか少しだけ、泣きそうな気持ちになった。理由はわからない。唐突に、価値とか、思いとか、そういうものを口にされたから、切なくなったのだろう。

喉が詰まって、上手く、言葉を返せなかった。けれどワルツさんはそれを責めることもしなかった。淡く微笑むと、告げる。

「……なんて、結論を出すのは早計《けい》なのかもしれませんね」

国内でも、いや世界的にも貴重で希有な、そして現存最大級の図書館。その若き代表者であるワルツさんは、立ちあがりながら千鳥さんに告げた。

「どうぞ。この図書館の案内をさせていただきます」

そうして、もう一度、彼女は自分の所属をはっきりと述べた。

わたしはこのサエズリ図書館代表、特別保護司書官のワルツです、と。


サエズリ図書館は、ほぼすべての公的な書類が電子に代わり、教科書も全電子化されたこの時代において、非常に珍しい、「紙の本」の図書館だった。

「千鳥さんの世代ですと、教科書はもうすべて電子化されていましたか？　紙のノートなども、馴染みがないものでしょうか」

はい、と千鳥さんが頷く。それから、書棚を見上げながら、ぼんやりと告げた。

「小さな頃に……スケッチブックをおばあちゃんからもらったんですけど。結局、使えないいま、どこかにしまいこんで、なくしてしまいました」

電子ペーパーは、消去も複製も容易である。それに比べて、高価な紙は、使えばなくなる。とてもとても高価なものだと親から教えられたこともあって、千鳥さんは、スケッチブックに落書きをする気にはなれなかった。もちろん、書道など特別な授業でもなければ、紙に文字を書くことは習わない。

紙は、本は、取り返しがつかないものだという印象が強くある。

けれど一方で、取り返しがつくものって、なんだろうとも思う。この世の中には、本当は、取り返しがつかないものの方が、ずっと多いんじゃないか……。

こうも多く「本」に囲まれていると、どこか気が遠くなりそうだった。

電書元年と呼ばれたのが何年だったのか、年表に記せるほどには定まっていない。幾度も挫《ざ》折《せつ》と改良を重ね、その言葉があえて人の口の端《は》にのぼらなくなる頃には、安価な図書がすべて電書に代わっていた。ちょうどその頃、石油をはじめとする様々な資源が高騰《こうとう》したのも本の駆逐に拍車をかけた。

文化財としての展示館は様々あれど、無償で、利用登録さえすればどんな人間にでも本を貸し出す図書館は他にないだろう。

しかも、純粋に、――読書のためだけに。

一体どれだけのお金をかけて、どんな信念があれば、こんなことが可能になるのだろう。図書館を案内される千鳥さんは、並ぶ本に感嘆しながら改めてそんな風に思った。

千鳥さんはボランティアスタッフとなる前に、まず図書館の利用者となることをすすめられた。図書カードの作成は、最新のカードリーダーを使ってすみやかに行われる。

本の貸し出し方法や期限など、流れるように説明されたあと、最後に付け加えられたのは、特別保護司書官たるワルツさんのことだった。

曰《いわ》く、本の希少価値が上がるに従い、国会図書館をはじめ、資料の保存を目的とした、特別な図書館の蔵書にマイクロチップが埋め込まれた。その各図書情報の管理、特に位置情報へのアクセス権を認められた者を、特別保護司書官と呼ぶのだという。

つまり、とワルツさんはより嚙み砕いて説明してくれた。

「当館で必要と判断した場合、貸し出されたもの、されていないもの問わず、資料の位置情報を調べる場合がある、ということです。当図書館では紛失や破損による弁償を受け付けておりません。基本的に利用者の方に金銭を請求することはありませんが、その代わり、なにがあっても、貸した図書は返していただいています」

なにがあっても、という表現は仰々《ぎょうぎょう》しかったが、価値の高いものであれば当然だろう、と千鳥さんは思った。

「なにかご質問はありますか？」

最後に締めの言葉のようにワルツさんが言ったので、なにかを問いかけなくてはならない、と思ったのは、もしかしたら就活生の習性だったのかもしれない。

「無償って」

口にしてから、自分はお金のことばかりだと思った。それでも、他に聞きたいことはなかったから、続けた。

「……このたくさんの本は、どうやって管理されているんですか？　新しい本も購入するんだったら、やっぱりすごく、お金はかかりますよね」

サエズリ図書館は、電子機器に詳しくない千鳥さんの目から見ても、至るところに最新のものが使われているとわかった。先進機であるそれらは、購入することも大変だが維持していくのはもっと大変なはずだ。

湯水のように、技術が、お金が使われている。売り上げが、上がるわけでもないだろうに。

「確かに、この図書館は利用者の方への営利目的では運営していません。ただ、無償では、本は買えないことも事実です」

目を伏せて、ワルツさんはデスクに組み込まれたディスプレイを操作する。現れたのは、ひとりの男性の写真だ。

サエズリ図書館のホームページにも載っていたのを見かけた。プロフィールを熟読はしなかったけれど。

「過去の蔵書の多くは、この図書館の創設者である割津義昭《よしあき》が個人的に蒐集《しゅうしゅう》したものです」

同じ名前だ、と千鳥さんは思う。もうひとりの、ワルツさんだと。

「そしてこの図書館は、創設者に協賛した多くの企業の出資で成り立っています。それは、創設者である割津義昭の功績でもあります」

それから画面が切り替わり、蔵書のリストへと。

「また、この国、この世界でも、ここにしか現存しない紙の本がいくつもあり、リスト化、データ化されていないものも大量にあります。それらを電子化したいと申し出があった場合には、適宜協議し、データを運用する場合もあります」

あくまで、本を貸すのが無償なのだとワルツさんは説明してくれた。リストを見ながら、千鳥さんが言う。

「戦前《B.P》の本もあるんですね」

「あるんですよ」

とワルツさんが自慢げに笑う。

「実物、ご覧になりますか？」

そうして案内されたのは、サエズリ図書館の地下にある静謐《せいひつ》な書庫だった。ぬくもりの感じられる本棚に並ぶ、古き本達。それらはすべて、千鳥さんが生まれるより前につくられた本だった。

「こんなに、たくさん……」

赤い絨毯《じゅうたん》はまるで宝石箱にしきつめられたベルベットのようだ。仕切りとなる書棚はこれもまた本物の木材を使っている。

しかし、木材の香りは、書棚からよりも、本それ自体から強くかおっているようだった。

「探すのにはちょっとしたコツがいります。ＤＢ《データベース》やＬＢ《リストベース》のように、タグ付けがされていませんから」

頼りになるのはこの分類番号です、とワルツさんが本の背中についたシールを指して言った。

三つの番号が並んだそれは、ワルツさんには意味のある数字なのだろう。そして、自分がここで働くのならば覚えなければならない数字なのかもしれないと思った。

「千鳥さんは史学を専攻なさっているそうですね」

ひっそりと静まり返った書棚の間を歩きながら、ワルツさんが言葉をかけてくれる。

「今、学校では、戦争《ピリオド》のことはどれくらい学ぶんですか?」

と、不思議な聞き方を、ワルツさんは千鳥さんにした。なにを不思議だと思ったのかは、千鳥さんにもすぐにはわからなかったけれど。

「大学では、専門によりますが……中高では、……社会科と、生活の時間に。でも、それまでの暮らしや、現況がほとんどで……。戦争に至る経緯や原因は、あまり……」

きちんと習ったことはないから、戦争のことは、千鳥さんはよく知らない。大学で研究している人もいるが、まだ歴史になりきれていないし、多分情報が多すぎるのだろう。その一方で、証人が、あまりに多くの人が、一度に姿を消しすぎたからだとも言われている。一年ごと、いや数ヵ月ごとに、新しい説が唱えられていては、正しい史実を子供に教えることなど出来ないだろう。

自分達の親は、実際に経験した出来事であるのに、だ。

「そうですか」

とワルツさんは小さく頷いた。そこではじめて、千鳥さんは先ほど不思議だと思った理由がわかった。

そう年も変わらないであろうワルツさんが、自分の習ったことを思い出すそぶりをまったく見せなかったからだ。

もしかしたら、学校に行っていないのかもしれないなと千鳥さんは思う。踏み込みすぎだから、聞けないけれど。

千鳥さんも、史学を専攻したが、戦争については目をそらしてきたに等しい。学ぶ上では決して避けては通れない……けれどまだ、歴史にもなりきれない、生々しいこの国の傷跡のこと。世界の挫折のこと。

三度目の世界大戦は、この世の中の進みを一度に巻き戻したのだという。

ピリオドの前の世界は、まったく違うものだったとDBには記されている。

千鳥さんは田舎《いなか》に生まれ、田舎で育った。汚染地である都市部《シティ》にも足を踏み入れたことはない。このまま、一生知らぬままに生きていくのかもしれない。目先のことに精一杯で、それさえ上手く出来なくて。多分、世界に目を向けることはこれからもないだろう。それでも、この書庫には胸が詰まる、と千鳥さんは思った。

「ええっと……史学、は……っと」

こちらの棚が詳しいかと思いますよ、とワルツさんが示した場所は、一際古い本が並ぶ棚だった。ずいぶんくたびれ、色もくすみ、紙が変質してしまっているものも多い。

「特に専門の時代などございますか？　わたしはやっぱり、史学の中でも書誌学が好きで……その中でも、そうですね、書誌に関する裏話などが載っているこの本なんか、面白いと思うんですが」

ワルツさんが棚から一冊、無造作に取り出そうとして。

「ええっ」

思わず千鳥さんは声をあげていた。

「なにか？」

きょとんと問い返すワルツさんにたじろぎながら、千鳥さんが言う。

「ててて、手袋、使わなくて、いいんですか！」

千鳥さんも大学の研究室で、いくつか紙の書籍にあたったことがある。厳重な桐の箱にいれられ、手袋を使わなければ触ってはいけないと言われていた。

単純に、貴重な品だからだ。値段もはるし、代えがきかない。

「手袋？」

けれどワルツさんは無邪気にそう聞き返すと、ほがらかに笑いながら言った。

「手袋なんてしていたら、本のページがめくれないじゃないですか」

どうぞ、と渡された本からは、木材のようなにおいがした。紙は、木からできている。数字ではなくて、生きていたものを切って。形を変えて、ここまでやってきた。

その重みが、千鳥さんの肌に落ちてきた。

どきどきする、と思った。どうしてだろう。千鳥さんはデジタルに育てられた世代であるのに、懐かしさを感じた。どこから来るのかわからない懐かしさだと。

「これ、借りても」

「もちろん」

本は、読まれてはじめて本ですから、とワルツさんが笑う。すごいところに来たのだと、千鳥さんの胸を実感が包み込んだ。

結局その日は、なんの仕事も出来ないまま、千鳥さんのはじめての図書館は、一冊の本を持ち帰って終わりになった。

サエズリ図書館を出てみれば、息は真っ白で、雪が近いのかもしれないと、千鳥さんはマスクをつけ直した。


向かいの机に、一列にスーツの男性が座っている。

――弊社の志望動機は？

声が出ない、と思った。背筋を伸ばして真っ直ぐ前を向いて口角を上げて。用意してあった言葉を言うだけだというのに。声が出ない。

――学生時代に励んだことは？

――最近一番気になったニュースは？

――既往歴の欄に神経症とありますが、詳しく聞かせていただけますか？

どきりとした。絶対に聞かれたくないことだから、聞かれたのだ、と思った。ここはそういう世界だと、心のどこかでわかっていた。

ぐっと黙って時間が過ぎることだけを望んでいたら、また面接官が口を開く。

――なぜ、この仕事を選んだんですか？

のっぺらぼうの面接官。矢継《やつ》ぎ早《ばや》に繰り出される質問。答えなければならないのに、言葉が出ない。それは、それはそれはそれは……。

やりがいが、あると思ったからです。

――ああ、それは。

面接官が、笑う。

――嘘ですね。

喉の渇きを覚えて、千鳥さんは目を覚ました。静かな自分の部屋の、畳に敷いた布団の中、だった。壁に掛けられた時計が暗い部屋にぼんやりと浮かんでいる。

午前三時。部屋が寒くて鼻の頭が冷たかった。なのに、額の生え際にはうっすら汗をかいていた。

またこの夢か、と千鳥さんは思う。

千鳥さんはもう二十二歳で、冬を越えて春になったら大学を卒業する。最初は情報運用に関する専門職に就こうかと思ったけれど、そのために必要な採用試験を突破することが出来なかった。もちろん絶対に受かるとは思っていなかったから、落ちた場合は普通の就職活動を成功させて一般企業に就職する、はずだった。

春よりはやくはじめたはずの就職活動は、秋を過ぎる頃に、なんの成果も残せないまま落ち着いてしまった。今も、ぽつぽつと受けてはいるけれど、結果はどれも、「お祈り」ばかりだ。そのやる気は霧散してしまったし、あおられるような不安さえ、感じなくなりつつあった。そのことについて、どうして、と両親は尋ねた。就職もしないで、どうするつもりなのかと。

どうする、そう。どうにかしなくちゃいけない。

『なんで蓉子が内定取れないのか、わかんないなぁ』

と首を傾げた友達がいた。短大に行った、高校の友人だった。

『真面目《まじめ》だし、人当たりだっていいじゃん。そりゃ、ちょっと自信がない感じはするけど、そんなバンバン落ちるのってなんでなんだろうね？』

そう言っていた友人は目をキラキラさせていた。就職活動で苦労なんてしなかったんだろう、と容易に想像がついた。

その、目が、自分にはない。

『時々いるのよ、優秀な子なんだけど、面接に弱い子』

いつかは受かるから大丈夫よと、就職相談の窓口の女性は言ってくれたけれど、彼女にしたって、わかってもらえるはずがない。ああやって、ちゃんと、採用されて、仕事を、しているんだから。

いつかは受かる。じゃあ、いつかって、いつだ？

親への言い訳に、調子が悪いからと言って、逃げ続けることにも限界がある。そもそも、調子が悪いなんて、甘え、だろう。

同期の友人達もみんな内定をもらった。

『考えすぎなんじゃないの？』

『とにかく内定の一個でもとってみれば楽になるから』

口で言うのは簡単だ。

『それとも、やりたい仕事でも、あるの？』

そんなものない、と言えたらよかった。お金を稼いで、ご飯を食べて、適当なところで結婚をして、子供を産んで、子育てに一段落したら、パートにでも出かけて……。そんな生活でも、別にいいと思うのに。

割り切れない心が、やっぱりどこかにあるのだ。

嘘がつけない。だからいつも、口ごもってしまうけれど。

呆れられることを承知で、天職を探している、と言いたかった。そんなこと、言えるわけもないけれど。

教授から「君に向いている」と言われた職業にはつけなかったのだから、誰かに、「この職業につけ」と言って欲しかった。

なりたいものなんて、特にないけど。

なんでもいいって、わけじゃない。

ふさわしい、仕事が欲しい。誰かにふさわしいって言って欲しい。天でも運命でも、なんでもいいから。

仕事をして、生きたい。

天命、みたいな、仕事って、この世にきっと、あるはずだ。

そういう人に出会ったからだ、と理由だけは、わかっている。わかっているからといって、どうすることも出来ないけれど。

枕元に置いたLEDスタンドをとんとんと何度か叩くと、皓々《こうこう》とした灯りが部屋に灯った。わざと明るいものにしたのは、心細さの表れだった。

一度目が覚めると、なかなか眠れない。かといって暗いところで端末を使っていると、決まって鋭い頭痛を覚える。夜も遅いので、鎮痛剤はあまり飲みたくなかった。胃袋の粘膜も弱いので、きっと次には胃痛が来るから。難儀な身体《からだ》だな、と思った。水でも飲んでこようかと思い立ち、カーディガンを羽織ろうとして、鞄を引き寄せる。いつもよりも重くて、なんだろうと思ったら、昼間にサエズリ図書館で借りてきた書誌学の入門書が見えた。

千鳥さんは開いた本のノドに鼻先を近づけると、すんすんと古い本のにおいをかぐ。古い紙のにおいは、どこか甘く感じられて。

すとんと胸が、落ち着くようだった。

(そういえば、はじめて行ったところだけど)

しんどくならなかったなぁ、と千鳥さんはぼんやり思う。

千鳥さんはあまり強い子供としては生まれなかったし、あまり強い大人にもなれなかった。特に、慣れない場所に行くのが強いストレスになるようだった。

進学するたび、学校に慣れるまでは保健室の住人だった。時間に遅れないように、細心の注意を払って、地図を見るのも得意ではないから、端末を手放せなくて。

そうして目的地に到着する頃には、すっかり心も身体も疲弊《ひへい》して、ぐったりしているのだった。

小さな頃から親にも先生にも、病弱な子、虚弱だと言われてきたし、実際に、ままならない自分の体調を持てあましてもいた。

病院に行っても、自律神経が弱いと言われるか、ストレスからの神経症だと言われるだけだった。

サエズリ図書館に入って、館内を回りながら深く息を吸ったら、不思議なほどに落ち着いたことを覚えている。

（まるで、編み物でもしている時みたいだった）

細かい手仕事は、千鳥さんの数少ない、好きなことであり得意なことだった。もちろん趣味の延長でしかないけれど。机の端末の上には、途中までつくった編み物が載っている。

今はもういない、祖母が教えてくれたもの。大きくなってからは、ＤＢでやり方を調べて、自己流で編み続けていた。

指先を動かすことが好きだ。

眠れない夜だから、いつものように、その続きをやっていてもいいけれど。

（今日は）

もっと素敵なことがあるだろう、と千鳥さんはページをめくる。紙の質量。インクのにじみ。甘いにおい。

それらがすべて、自分の手の中にあるのがなんだかくすぐったく、そして同時に、心強いと思った。

（特別な、わたしの、本）

これは図書館の本だけど、それでも。はじめて家に持ち帰り、はじめて部屋で開いて、はじめて布団の中で読み切ろうとする本だ。ふと、この本は購入しようとしたらいくらなのだろうかと考え、端末で調べようとし、やめた。

（いくらでも、代わりはない）

はじめて読んだ、この本は、わたしにとって特別なのだから。

難しい数式が解《ほど》けるように、明るく光が灯るように、これが答えなのだと、千鳥さんは思った。

読み終えた本は、翌日すぐにサエズリ図書館に持っていった。

あれほど入りづらいと思った図書館だけれど、本を持っていたら躊躇《ためら》うこともなかった。愛想のない警備員さんに、挨拶《あいさつ》まで出来たくらいだ。返事はなかったけれど、手袋をした手が帽子に触れた。あれは会釈《えしゃく》の代わりだったのかもしれないと、前向きに考えることが出来た。

面接の予定も筆記の予定もなかったから、セーター、スカート、それからふわふわとしたコートを着て、髪も下ろして。わからないかなと思ったけれど、ワルツさんは千鳥さんの顔を見てすぐに、明るく笑った。

「ありがとうございました」

とても、面白かったです。そう言ったら、幸せそうにワルツさんは笑う。手から、手へ。本を渡すと、気持ちもそこに乗せられるようだ。

「本の価値は、見つかりましたか?」

その問いかけに、照れながら千鳥さんは笑って。

「一応……、答えは、見つかりました」

それだけで、ワルツさんはもう満足をしたようで、深く一度頷いた。どんな面接よりも、どんな質疑応答よりも、きちんと言葉が通じたと千鳥さんは感じる。多分、この本が、媒体になってくれたのだろう。

「じゃあ、もう図書館での勤務はよろしいですか?」

ボランティア、とワルツさんが悪戯《いたずら》っぽく問いかけるので、千鳥さんの目が泳ぐ。

「いえ……」

それとは別に、出来ることならば、働かせて欲しいのだけれど。その理由をまた問われるだろうことはわかっていた。

一から話してもいいと思った。春から、夏に、それから秋に自分がどんなことをどんな風に考えて、ここに来たのか。

聞いて欲しいし、ワルツさんの答えも聞かせて欲しいと思った。けれど今、自分がここで働くために、必要な問いと答えはそれではないような気もした。

「千鳥さんは、どうして、図書館で働こうと思ったんですか?」

わざとワルツさんが、面接官が志望動機を聞くような言い方をした。千鳥さんが、それが苦手であることを、知ってか、知らずか。

いや、そうじゃない。苦手なのは、嘘をつくことだ。取り繕って、印象ばかりを気にする、聞こえのいい、「正解」を、言うことだ。

本当の言葉なら、気持ちなら、言えるし、言ってもいいはずだ、と思った。

このサエズリ図書館が、なんの資格も問わずに、ボランティアのスタッフを募集しているのにも、また理由があるはずで。だとしたら、答えはこれしかない、と千鳥さんは思った。

「本が、好きなので……!」

「はい」

その一言は、ワルツさんの返答と承諾《しょうだく》をいっぺんに引き出したようだった。嘘みたいにすんなりと、ワルツさんは頷いた。それからワルツさんはやわらかく、春のように笑う。

「言わせたみたいになってごめんなさい。その言葉が、聞きたくて」

そのお気持ちがあれば、充分です、とワルツさんは言い、千鳥さんのような、特別なことはなにも出来ない大学生に、深々と頭を下げた。

「週に一度でも二度でも構いません。是非、この図書館のボランティアスタッフとして、力を貸してください。よろしくお願いいたします」

そんな丁寧なお願いをされて、むしろ慌ててしまったのは千鳥さんの方だった。こちらこそ、と頭を下げた。

(本が、好き)

それは、まったくの本当のことではなかったけれど、これからまさにそうなりそうだと、確かな予感に包まれていた。


晴れてボランティアスタッフとなった千鳥さんがまずワルツさんから受け取ったのは、サエズリ図書館のロゴマークが入ったエプロンだった。持っていた荷物は、事務室にあるロッカーに預けさせてもらった。貴重品も預けられ、図書館カードがそのままロッカーのカードキーとなると説明を受けた。

首から提げた「ボランティアスタッフ」のカードホルダの裏にカードをいれた。なんだかそれが少し誇らしかった。

サエズリ図書館ボランティアスタッフの仕事は、主に図書の配架と整理だ。

返却された本は返却棚に一時置かれ、それから分類番号順に書棚に戻される。

「どのジャンルが、どこの本棚とか。最初に覚えるのは難しいかと思いますから」

一般的な文学作品の書棚を覚えたら、あとは数字合わせにしましょう、とワルツさん。本の背に貼られたシール、その一番上の番号が、本のジャンルを表しているのだと説明された。

「枝番までは気にする必要ありませんよ。特に一階の本は貸し出しと返却が多いですから」

そうワルツさんに言われた通り、棚の中での順番までは気にせず、ともかく本を棚に戻してみることにした。

(ええと……九百十は……)

「こちらですね」

「これ、正解はあるんですか?」

千鳥さんの問いかけに、「ん?」とワルツさんが振り返る。

「えっと、正しい、場所……」

どの棚の、どの段の、左や右から何冊目、に入るべき本なのか。その正解があるのかなと思ったのだ。

「うーん。あるものもあるし、ないものも、あります」

たとえば、全集の一と二の次は、三巻が来るべきであるけれど、すべてが著者名や作者名、あるいは刊行順に並ぶ必要はないのだとワルツさんは説明してくれる。

「大切なのは、お客さんが探しやすいこと。見つけやすいこと。そして、出会いやすいこと、です」

そのための分類であり、そのための配架であるのだと言う。

「慣れれば大体、本の雰囲気でどの書棚かわかるようになります」

「雰囲気、ですか」

ふんわりとした説明だったが、やってみればパズルのピースをはめるようで面白かった。最初は何度も迷路に入り込んだようになりかけたが。

「焦《あせ》ることはないですよ」

隣で同じく配架をしながら、ワルツさんが言う。

「間違いのないよう、丁寧に。余裕があったら、書棚を整えてあげてくださいね」

「整える……」

「本は大きさや奥行きがそれぞれ違いますから」

ワルツさんが本の奥に手を入れて、書棚の縁まで押し出すようにした。それから、もう片方の手で押さえるようにする。

「こうすると、ぴったり」

なるほど、書棚の奥行きではなく、手前に合わせれば綺麗に並ぶ。千鳥さんも本の背中に手をいれて、とんとんと前に押し出して揃えた。

ぴったりと本が整列する。なるほどこの作業は嫌いじゃない、と千鳥さんは思う。その所作をじっと見ていたワルツさんが感心したように、

「千鳥さんは几帳面《きちょうめん》なんですね」

と言った。千鳥さんはぎこちなく笑いながら、小さな声で応える。

「よく、言われます。細かいところ、気にしがちって」

誉め言葉ではなかった。もっと大ざっぱでいいじゃないかと、親にも友達にもいつも言われる。でも、一度気にしはじめると、どうしてもやめられないのだ。損な気質だと、自分でも思

っている。でも、諦《あきら》めてしまってもいる。今更自分を変えることも出来ないし、よくすることなんて出来ないだろう。

腕に抱えた本を書棚の空《あ》いているところに戻していると、隣の棚からひょいとワルツさんが顔を出した。

「それ、違いますよ」

ワルツさんが指さしたのは、今おさめたばかりの一冊の本だった。

「九百十二は、後ろの書棚」

「あ、ごめんなさい……っ」

ワルツさんのめざとさに、見張られていたのだろうかと思って心が冷えた。けれど指摘通りその本は配架間違いであったものだから、慌てて引き抜く。どんな手を使ったのか、ぴたりと配架間違いを言い当てたワルツさんは、けれど怒ってはいないようだった。

「いえいえ。間違いは誰にでもあることですから」

慣れたら、すぐにわかるようになりますよ、とワルツさん。それからスカートのポケットに手を入れると。

「そうだ、これ」

小さく薄い、円柱形をしたケースを差し出した。

「使ってください。本は手の水分や油分を吸い取ります。冬場は特に、空調からの乾燥もありますし、肌が荒れやすいんです」

受け取ったのは、ハンドクリームだった。驚いて千鳥さんは目を白黒させる。

「い、いいんですか、いただいても……」

「いいんですよ」

ワルツさんは楽しそうに頷くと、千鳥さんが並べた書棚を眺めて言った。

「新しいスタッフさんがいらっしゃった、記念のようなものです」

そうしてワルツさんは、言い忘れた言葉に気づいたように、顔を上げて振り返る。ふわりと笑って言った。

「ようこそ、サエズリ図書館へ」

どんな面接官にも見たことがないような、晴れ晴れとした誇らしい、職業人の顔に、千鳥さんは目を細めた。


午後の日差しが差し込む大学研究室は、昼寝にはうってつけだった。空調も湿度も人肌にやわらかく設定されている。朝まで読書にいそしんでいた千鳥さんは、眼鏡を置いて、机に突っ伏して眠っていた。

傍らの端末には、書きかけの卒業論文が千鳥さんと同じように休眠《スリープ》している。

「なんだぁ。サボりか」

突然研究室のドアが開き、現れた人影がよく通る声で言うと、千鳥さんはびくりと肩を震わせて、慌てて眼鏡を取ってかけた。

「本多《ホンダ》先輩!?」

「よっ」

軽い調子で片手を上げたのは、千鳥さんのよく知る人だった。色を抜いた髪に、紺色のパーカー。冬だというのに、膝の破れたジーンズを穿《は》いている。

本多先輩は、年上の、千鳥さんの研究室の先輩だ。院生でもない彼は大学を卒業してもうずいぶん経つ。

けれど、下手《へた》な幽霊学生よりもよっぽど大学の研究室に顔を出す率が高い。

「わり、ちょっと端末貸してくれる?」

本多先輩は慣れた様子で、千鳥さんにそんなお願いをした。大学の端末には、学生番号の認証IDが必要だ。

「も、もしかしてまたネット止められたんですか……? 信じられない……」

呆れて千鳥さんが言った。大学卒業後、演劇の道に進んだ本多先輩は、自分の好きな道に進んだ自由さとは裏腹に、金銭的な苦労が続いているらしく、研究室に顔を出すのはなにも、出身大学への愛着だけではない。

「明後日《あさって》バイトの給料日なんだ。そしたら払ってくるから」

「よく端末なしで二日とか三日も生きていられますね」

情報化社会、という言葉さえ古くさく感じるようになり、インターネット回線は生活の必需品となった。電話やメールのやりとりはもちろんのこと、店での支払い、建物の暗号キー、学業や仕事におけるタスク管理など。それでいて、頻繁《ひんぱん》に断絶があるのも事実だけれど。実家を飛び出したまま帰っていないという本多先輩は、時折料金の未払いで回線を止められては、研究室まで端末を借りに来る。

嫌味を言いながらも、千鳥さんは席を譲って自分の認証済みの端末を使わせた。「センキュ」と言いながら、本多先輩が座る。

と、手が止まり、端末の隣に置いてあった書籍を見つけた。昨日サエズリ図書館で借りてきた、書誌学の関連書だった。

「えっなにこれ」

伸びかけた指が、躊躇うように引っ込んだ。

「本、ですよ」

少しだけ顎を突き出し生意気そうに千鳥さんが言えば、本多先輩が目をむく。

「はあ!? なにお前持ち出してきてんの!」

「持ち出してないです！　借り物です！」

学内の図書は指導教官の許可がなければ付属図書館から借り出せないはずだ。まだ得心のいかない本多先輩に、

「さえずり町ってところに、図書館があって。そこで」

そう説明をしようとしたけれど、本多先輩はすぐに得心したようだった。

「ああサエズリのか」

「知ってるんですか?」

演劇馬鹿の先輩が、図書館なんて珍しかった。「だって俺んちから近いもん」と本多先輩は言う。

「戯曲集を借りに行ったり、したよ」

お金ためて、自分でも買ったけど、との低い声に、千鳥さんは少しだけ呆れた。毎日バイトにあけくれて、ネットが止められてしまうくらいお金がなくて、それで買うものが戯曲集だなんて。サエズリ図書館に見に行って、自分で買うのだから、データではなく紙の本だろう。リペアした中古車を買った方が安いような、若者には見合わない買い物だ。けれどそれが、本多先輩の矜持《きょうじ》でもあるのだろうと思った。

端末のタッチパネルを素早く操作する本多先輩を見ながら、千鳥さんは目を細める。

「先輩、まだ、劇団なんてしてるんですか……」

本多先輩は端末から顔も上げず、「まだってなんだよ」と軽い口調でつっこんできた。はぁ、と千鳥さんはため息をついて。

「親御さん泣いちゃいますよ」

と嫌味のひとつも言ってやった。夢追い人も結構だけれど。やりたいことがあるのは幸せだけれど。回線使用料さえ納められないような生活は、千鳥さんは真似出来そうになかった。

けれど本多先輩は千鳥さんの言葉にはなにも答えず、かわりに返す刀で。

「千鳥、お前LBの管理者試験落ちてから、まだ就職決まってないんだって？　教授、苦い顔してたぞ」

と言った。うっと千鳥さんは言葉に詰まるけれど、顔をそむけて目を閉じる。

「いいんです」

デスクの本を引き寄せながら。

「いいんです、わたしは」

千鳥さんは自分に言い聞かせるみたいに言う。

「……もう一年、大学で勉強したって、いいし」

吐き捨てるように本多先輩が笑う気配がする。伸びた指先が千鳥さんの頭を押して、けれど説教よりもまだやわらかな口調で。

「おめー、真面目ぐらいが取り柄だろ」

と言った。千鳥さんは唇《くちびる》をとがらせ、

「知ってます」

と答える。真面目なぐらいが取り柄で、研究者としての才能があるわけではないことぐらい。

もう一年大学にいてもいい、といったのは両親だった。千鳥さんの身体が弱いのは、強く産んであげられなかったからだという負い目があるのか、千鳥さんの両親は子供の目から見ても彼女に甘い。

頼めば、もう一年いることも、大学院に進むことも出来るだろう。

端末に入っている卒業論文は、提出期限もまだ先なのにすでに九割方終わってしまっている。もちろんもっと、ブラッシュアップはしていくけれど。真面目なだけが、千鳥さんの取り柄だ。けれど、だからって、何者になれるわけでもない。

「わかってます」

むくれた顔でそう言うと、千鳥さんは立ちあがる。「終わったら、ちゃんとログアウトしておいてくださいね。私のアカウントで変なサイトとか見るのも禁止ですから」と釘をさした。

「わかってるって」と本多先輩はいい加減に答えて。それから、出ていこうとする千鳥さんの背中に問いかけてきた。

「どこ行くの」

千鳥さんは、本を抱いた腕にぎゅっと力を込めて。

「ボランティア、です」

それだけ言うと、あたたかな研究室を走って出ていった。

「よっこら……っしょ」

千鳥さんが少々老人がかったかけ声をかけて、全集を複数冊持ち上げた。二冊以上を片手で縦に持とうとすると、筋肉がぷるぷる震えるのがわかった。

はじめてサエズリ図書館を訪れてから数日、千鳥さんは毎日のように図書館に通うことにしていた。

早めに仕事の内容を覚えたかったから。それから、ワルツさんや来館者達と、もう少し仲良くなりたかったから。

相談したいこともあったが、身の上話にはまだ早すぎるだろう。自分の気持ちに、決心がつかないからでもある。

嘘は、苦手だ。どんな形でも。

「……っと」

とんとん、と丁寧に本の背中を叩いて、また下の棚から同じ全集を引き抜く。

「どうかしたの？」

突然声をかけられて、作業に夢中になっていた千鳥さんは驚き、手に取った本を落としかける。

さっと手が伸びてその本をキャッチしたのは、サエズリ図書館の数少ない正規職員であるサトミさんだった。

ロマンスグレーの、と千鳥さんはいつも心の中でつけくわえる。あれ、ロマンスグレーって、女性にも使えた言葉だっけ？

「す、すみません！」

「いいえ、いいけど」

サトミさんはいつものようにクールにそう言い放つと、手にした全集を見て小さく首を傾げた。

「これは？」

わざわざ出したり入れ直したり、どうしてかと聞いているのだろう。咎《とが》められた気持ちになって、千鳥さんは頰を赤くしながら、早口で言った。

「あ、えっと。ここの、全集の棚が、他の本が増えたせいで、二冊だけはみ出たようになってしまって。だから、大型本をちょっと、うつして」

こうしていれたら、一列になるかなって……と言い訳めいた返事をして、千鳥さんはサトミさんの顔色を窺った。余計なことを、しているのかもしれないと、不安になった。

けれどサトミさんはやはり、皺《しわ》が深く刻まれた厳しい表情をぴくりとも動かさず。

「そう」

と一度、深く頷いた。

それから、千鳥さんの肩をぽんぽんと叩いて。

「今日はちょっと配架が多かったでしょう。それが終わったら、休んでいなさいな」

さばさばとした言い方だった。けれど棘《とげ》のない、あたたかみのある仕草だったから。

「あの」

千鳥さんは思わず、本を胸に抱いて、尋ねていた。

「わ、わたし、役に立ってますかね……」

頰を赤くして、しかも眼鏡の奥で目を泳がせて、千鳥さんが言うので。サトミさんはなにかを言いかけるように唇を開き、それから小さく嘆息して。

あたりを見回すと、すい、と節くれ立った指が書棚の一角を指した。

「ここと、そこが、あなたの直した書棚ね」

指を差して言われた場所は、確かにその通り。返却図書の配架を終えてから、千鳥さんが書架整理をした棚だった。

「すぐわかる」

それは、一体どういう意味なのか。よい意味なのか、それとも、一目でわかるほど汚かったり間違っていたりするのか……と千鳥さんがネガティブな思いに駆られていると。

サトミさんは顔をそむけて、小さく笑い。

「本が喜んでるから」

そう一言告げると、まるで自分に似合わぬことを言ってしまったと照れるかのように、早足でカウンターに戻っていってしまった。

千鳥さんはしばらくぽかんとしていたが、やがてじわじわと頬の熱さが耳まで達して、腕に抱いた本にぎゅうと力を込めた。

(本が喜んでいる)

そうであったらいいし。

そうだったらどんなに素敵だろう。

形あるものに、気持ちが宿ると人は考えるのだろうか。一冊一冊が違うから、揃えて並べることに正誤が生まれる。リストをソートするものとは違う、決して数値化出来ない、なにか。

千鳥さんは丁寧に丁寧に全集をきっちりと棚におさめると、はずむ足取りでロッカーに戻っていった。

やりがいがある、と思った。

向いているのかも、と。

けれど転じてこれが天職だとは、思えるわけもなかった。多分自分はワルツさんのようにはなれないだろうし、サトミさんのようにもなれない。ふう、とため息をついたのは、肉体だけの疲れでもないだろう。

エプロンを外して、今日借りていく本を探そうかと思い当たる。まだまだ手早くはないけれど、本棚の分類もおぼろげにわかってきたし、検索の仕方も見よう見まねでわかるようになった。

(探して、読んでみよう)

特に自分の専攻する分野の歴史書、また、ワルツさんが最初にすすめてくれた書誌学や分類学についても学んでみたいと思った。

大学のようにDBで検索して、カリキュラムを組むのは簡単だ。そこから新しい発見もあるし、誰も思いつかなかった理論を組み立てることは出来るだろう。

けれど、本は違うのだと千鳥さんは思う。昔の本には、間違っていることも書いてある。近しい年代の書籍であるのに、まったく違う理論が展開されることも。けれどそこには、記述する人間の息づかいがあるのだ。

DBにおける論文集はキーワードで関連づけられ、すでに体系化されている。その扱いしか知らない千鳥さんにとっても、書籍はひどく興味を引かれるものだった。

とはいっても、大量にある書籍の中から、自分の読みたい本を探すことは至難の業だ。

エプロンを外した千鳥さんは検索端末の前に立ち、その画面に触れた。初心者にも使いやすいインターフェイスで、作者名、タイトル、出版年代、それからキーワードから探すことが出来る。

(書誌学、と……)

簡単にキーワードを入力してみると、ぶわりと情報が広がった。面白いのは、検索結果のリストがすべて本の背表紙と一緒に表示されたことだ。なるほど、と千鳥さんは感心した。

指先をすべらせ、背表紙リストをずらりと見渡す。絞り込みや並び替えをしなくても、大体の情報はその背表紙に含まれているのだと実感した。気になる本を一冊一冊、タッチして、読みたい本をカードに記憶させる。すると、そのカードの表示を見ながら書架を探せばいい仕組みだ。

息を詰めながら、まばたきもせずに千鳥さんはそのリストを眺めていった。一通り見た後に、リストから検索画面に戻り、しばらくじっと画面を見つめていたが、やがてごくりと喉を鳴らして。

(図書、修復……)

次の検索結果を見ようとした、その時だった。ぐるっと眼鏡の奥、千鳥さんの黒目が不自然な動き方をした。

（あ、やば）

これ、やばい、と千鳥さんが膝を折り、しゃがみ込む。天地がひっくり返ったような激しい目眩《めまい》がして、口元に手をあて吐き気をこらえた。本当に嘔吐《おうと》したいわけではない。けれど、内臓がおしつぶされるような、不愉快さ。

同時に、目の奥を刺すような鋭い痛みに、ぎゅうっと千鳥さんが目をつむる。ちかちかと、まぶたの裏で星がまたたいた。

息が、出来ない。

（しんど……）

ポケットをあさる。取り出した白い錠剤。頓服《とんぷく》のもの。飲めばきっと楽になる。これで楽にならなくても、ロッカールームに戻れば、ふさわしい薬があるだろう。

今、少し、楽になれたら。

それでいいんです、と病院の先生に言った。今お世話になっている先生はいい先生だった。薬を出す先生が、いい先生だ。手元が震えて、うまく薬を外装から取り出すことが出来ない。脂汗《あぶらあせ》をかきながら難儀していると。

「大丈夫かい」

肩に手を置かれた。千鳥さんは、ちかちかする目を上げた。

男の人だ。若くは、ない。おじさん、違う、おじいさんだ、と思う。そのことに、胸がきゅうと痛んだ。

「人を呼ぶかね」

灰色のツナギを着たそのおじいさんは、サエズリ図書館で何度か見かけたことがあった。まだ通い始めて日の浅い千鳥さんがそう感じるのだから、もしかしたら、毎日通っているのかもしれない。

「だ、だいじょうぶ、です……」

そう言ったけれど、近くのソファまで、腕を取って運んでくれた。まだ目の前はちかちかしていたけれど、人の優しさに触れたら、ずっと気持ちが楽になった気がした。

礼もそこそこに、口元に手をあてて、呼吸を整えていたら、小さなペットボトルが差し出された。

「お嬢さん、若いからって、あんまり無茶をしちゃならんよ」

自販機で売っているような、ミネラルウォーターだった。薬を握っているのを見られたせいかもしれなかった。

「す、すみません」

恥ずかしい。こんな風に大げさにして。大したことじゃないのに。それでいて、優しくされて嬉しいなんて。

とっても恥ずかしい、と心の底から思った。

「ありがとうございます……」

いろんな思いがないまぜになった、泣き出しそうな気持ちで、水を受け取って頭を下げた。

おじいさんは特に大事《おおごと》にもしない様子で、もう一度、千鳥さんの肩を皮の固い手で叩いて。

「身体は、大事にな」

そう言って、去っていった。背の低い、がっしりとした背中。老いても、紳士的で、優しくて。素敵だなと思う反面。

あの人にはどきどきしない、と千鳥さんは、見当違いなことを思う。

どきどきしない。

どきどきしないなぁ。

この世の中は、どうしてこんなに理不尽なのだろう、と、薬を流し込んだミネラルウォーターは、少しだけ涙の味がした。


今日は早めに帰ろうと決めて、千鳥さんは真っ直ぐロッカールームに向かうと、カードをかざしてロッカーを開けた。

平日の昼下がりのサエズリ図書館は利用客も少なく、静まり返っている。

ロッカールームは事務室の隣にある。だから、事務室で行われていた会話が耳に入ったとしても、それは千鳥さんのせいではないだろう。

「ですから、何度も申し上げますように、返却処理がされてはいません。ご自宅にあるはずです」

エプロンの紐を解く手を止めて、千鳥さんが顔を上げる。いつもやわらかなワルツさんの声が硬く聞こえた。答える声がないから、端末に向かって話しているのだろうか。

やがて端末を切る音と、ため息。会話のお終《しま》いを告げる挨拶はなかった。

「またあのお客さんですか？」

「ええ……。お子さんが返却したって言うんですけど、仕方がありませんね。お家《うち》まで伺《うかが》います」

「でも、ワルツさん……」

相対しているのはサトミさんだろうか。その声もずいぶん批難めいていた。まだ数度しか顔を合わせたことがないが、その中でも聞いたことのない声だった。ワルツさんを行かせることを、よしとしないような。

けれどワルツさんは、皆まで言わせず頑《がん》とした調子で言い放つ。

「位置情報の取得権はわたししか持っていません」

位置情報、という言葉を心の中で反復する。カードを作るときに説明された。この図書館の本にはすべてチップが埋め込まれていて、管理者たるワルツさんはその位置情報にアクセスすることが出来る、と。

それこそが、特別保護司書官という役職の特権であると。

それを、過ぎた権利だとは千鳥さんは思わなかった。もちろん利用客のプライバシーの問題はあるだろうが、これだけ高価なものを無償で貸し出しているのだから、そのくらいは当然だろうとさえ思った。

ワルツさんが調べれば、確かに本はどこにあるのかわかるのだろう。けれどサトミさんは、ワルツさんをひとりでは行かせたくないようだった。

「……じゃあ、一緒に」

躊躇いがちに、サトミさんが食い下がる。ワルツさんが首を横に振っていることが、事務所を覗かずとも気配だけでわかった。

「サトミさんには、カウンターをお任せしなくちゃ」

「ワルツさん」

「ほら、大丈夫」

なおも言い募ろうとするサトミさんに、ワルツさんが言う。

「これが、わたしの仕事じゃないですか」

その言葉に、ふっとサトミさんが黙った。今が声をかけるタイミングだろうと、思い切って千鳥さんが顔を出す。

「あの」

立ち話をしていたワルツさんとサトミさんが、千鳥さんを振り返る。千鳥さんは余計なことは言わずにぺこりと頭を下げて。

「今日はもう、帰ろうかと……」

大丈夫ですか？　と続けて聞いていいのかどうか、迷い、結局言葉には出来なかった。それを言う資格があるのかさえわからなかったから。

けれど千鳥さんの言葉を遮るように、サトミさんが踏み出してきた。

「千鳥さん。今日はこれから用事がある？　無理強いは出来ないのだけれど、少し、お願いを聞いてくれる？」

「お願い、ですか？」

そうよ、とサトミさんが頷き、小さく嘆息しながらその「お願い」を告げた。

――ワルツさんの督促《とくそく》業務に同行して欲しいの。


サエズリ図書館では、本は必ず返さなくてはならない。

それは、図書館カードを作成する時にも一番強く言われたことだった。値段をつけられないものもあるから、弁償は不可能。どのような状態であっても返却を求められ、紛失ということは、あってはならない……。

「でも、だからといって、貸した本が絶対戻ってくるなんて保証はないです」

コートを着たワルツさんと、さえずり町を歩きながら、千鳥さんはその言葉を聞いていた。

ワルツさんは最初千鳥さんの同行をよしとはしなかったが、サトミさんに押し切られた形だった。ワルツさんはサトミさんの雇用主であろうが、端《はた》から見ても親と娘のような年の差だ。

「返した、返さないの、水掛け論になることもあります。コンピューター管理といっても、受け取って返却にかけるのは人間ですからね。どこかでミスがあり、見落とすこともあるだろう、と……。まあ、確かに普通の図書館なら、ないとは言えませんが」

本が、返されていなかったら、わたしにはわかります。とワルツさんは白い息を吐きながら、簡単に言う。

二歩ほど離れて歩きながら、ワルツさんの話を聞き、システムのことはわからないけれど、と千鳥さんは思う。

「もっと、遠いところに住んでる利用者だったらどうするんですか？」

と聞いた。サエズリ図書館では、身分証さえあればどの地域の住民でも利用者カードを作れるはずだった。今回は近所の利用者だったが、これがもっと遠方からはるばる来ているような利用者であったらどうするのだろう。

千鳥さんの質問に、ワルツさんは目を細める。

「どこへだって、行きますよ」

穏やかに、けれど、はっきりと告げた。

「地の果てでも」

千鳥さんの背中に、冷たい風が入り込んだようになって、思わず背筋をそらせた。足も止まりそうになってしまって、慌てて早足でついていく。

「あ、あの、わたし、なにをしたらいいんですか?」

督促業務の手伝い、とはどういうことを指すのか、結局ワルツさんもサトミさんも千鳥さんには教えてくれなかった。本の配架の仕方みたいに、覚えるべき作業があるのかと思ったけれど。

「うーん、そのことなんだけれど……」

ワルツさんは考え込むように首を傾げて、けれど歩みは緩めずに、言う。

「一緒にいてくれたら、それでいいのよ。うん。そうでなかったら、サトミさんだって、千鳥さんにこんなこと、頼まなかったと思うわ」

「いてくれたら……」

千鳥さんはまだよくわからず、鸚鵡《おうむ》みたいに返すことしか出来なかった。うん、とワルツさんは頷く。鼻の頭が少し赤くなっていて、制服を隠すコートと相まって、図書館で働く姿よりもずいぶん幼く見えた。

「そして、別に、なんてことなかったって、付き添いなんて必要なかったって、サトミさんに言ってくれたら、それでいいわ」

自分に言い聞かせるように言うワルツさんに、千鳥さんが声をかけようとしたが、ワルツさんが唐突に足を止めたので言葉を発するタイミングを逃した。

「ここよ」

足を止めたのは住宅街の一軒家だった。門扉の隣に、インターホン。

（前も、来たことがあるのかな）

ワルツさんは手に端末のひとつも持ってはいなかった。事前に調べてきたとしても、迷う様子も確認する様子もなかったので、もしかして、はじめてではないのだろうかと千鳥さんは思った。

ワルツさんの長い指がインターホンを押すと、しばらくしたあとに女性らしい音声が聞こえた。

『はい』

「こんにちは」

と、人好きのする、やわらかな声でワルツさん。

「わたしはサエズリ図書館代表、特別保護司書官のワルツと申します。先ほどはお電話にて、失礼いたしました」

インターホンの向こうは黙している。ワルツさんは続けた。

「お客様の借りられたサエズリ図書館の蔵書が未返却本として督促対象となっております。図書館内には返却されておりません。ご自宅を確認させていただいてもよろしいですか？」

『自宅を確認？』

インターホンの向こうで声が跳ねた。歓迎されてはいないのだろう。

『子供が返却したと言っているのよ。うちを探しても見つかりっこないわ』

言葉ににじむ批難の色に、はらはらと千鳥さんは狼狽《うろた》える。

『大体、あなたの施設に本がないと、どうやって証明してみせるの？　うちにあるとも限らないでしょう。なんの権利があって……』

いいえ、とワルツさんが相手を遮った。

「先に申し上げたはずです。サエズリ図書館では図書の貸し出しは無償。延滞についてのペナルティも設けておりません。貸し出しの条件は、ひとつだけ。いかなる場合でも返却いただくこと」

ワルツさんの切り返しは毅然として鋭かった。

「また、サエズリ図書館の蔵書はすべて、わたし、特別保護司書官の管轄下にあります。位置情報のチップが埋め込まれていることはご説明したはずですね。図書館の本が、ここにある、と、他の誰でもない、わたしが確信しているのです」

本を回収したら、すぐに帰ります。許可なくあさるようなこともしませんので、お家にいれてください、とワルツさんが言う。

『その……位置情報とやらは、信頼出来るんでしょうね』

「はい」

そこで、ワルツさんは、設置されているであろうインターホンのカメラに笑いかけた。

「この世界でわたしが一番信頼しているシステムです」

その言葉に、ゆっくりと門扉が開いたので、千鳥さんは黙ったままで、ワルツさんのあとに続いた。

玄関のドアが開くと、一般的な洋風建築の家屋だった。明るい色のフローリングの床に、絨毯が敷かれている。

子供がいる家庭なのだろう。玄関先には、小さな長靴が置かれていた。それから、細いリード。

視線をそちらに向けると、玄関からすぐの階段上から、キャン、と小型犬の鳴く声がした。

「!」

ワルツさんが一歩、下がる。

その行動が唐突であったから、千鳥さんはまばたきをして隣を振り返った。

「ワルツさん?」

「い、いえ、なんでも、ないの……」

そう言うワルツさんの肌は、心なしかいつもよりも白い。現れたのは見るからに神経質そうな細身の女性で、ワルツさんと千鳥さんを睨《にら》みつけた。

「それで、私にどうしろっていうのかしら」

不機嫌も隠さずに女性が言うと、ワルツさんは「本を返していただければ、それで」と穏やかで、けれども頑固な返答を返した。

「お邪魔いたします」

靴を脱いで玄関を上がる。千鳥さんも続いてもたもたとブーツを脱ぐと、痛いほどの家人の視線を受けながらフローリングの廊下を進んだ。二人に、スリッパは出されなかった。客人ではないということなのだろう。

離れないよう進みながら、千鳥さんはワルツさんの横顔を盗み見る。

（位置情報へのアクセス）

特別保護司書官。資料の保全を目的とした、特別な図書館に配備される、戦前《B・P》にも数人しかいなかった――。

図書取り扱いの、エキスパート。

それが彼女だというのだから、確かに調べれば、わかるのだろう。

けれどワルツさんは千鳥さんの見る限り、端末には一切触れることがなかった。ただ、ある地点で足を止めて。

「こちらの部屋ですね」

階段下、物置となっている引き戸の前にしゃがみ込んでワルツさんが言う。母親はけげんな顔をして、

「どうしてわかるの？」

と悲鳴をあげるようにワルツさんに尋ねた。千鳥さんも同じ気持ちだった。

「わかりますよ」

引き戸に手をあてたまま、ワルツさんはまっすぐに、足下の一点を見て言う。

「それが、わたし。特別保護司書官ですもの」

戸を開けていただけますか？　とワルツさんが言う。半信半疑、不気味そうな顔をしていた

が、不可思議な力に引き寄せられるように、母親の手が戸にかかり、開かれようとした。その時だった。

「だめだよ！　マグ！」

子供の声。階段を駆け降りてくる、足音。素早く、複数の。

（え？）

千鳥さんが振り返る。玄関先、長靴の持ち主なのだろう。小学校低学年くらいの男の子が最初に目に入った。それから。

「ママ！」

足下を駆けてきた小型犬が、開いた物置に向かって突進してきた。その弾丸のような動きに、思わず千鳥さんが身体をそらした。次の瞬間。

「い」

ぞわりと隣で、人の肌が、あわ立つ気配。

「イヤ――！」

つんざくような悲鳴をひとつ。大きな音を立てて尻餅をついたのは、真っ青な顔をした特別保護司書官のワルツさん、その人だった。

果たして本は確かに、物置の中から見つかった。室内飼いをしている犬の、お気に入りの毛布の下に。

子供用のゲームブックは半《なか》ば噛み千切られて無残な姿ではあったけれど、それでも確かに発見はされたのだった。母親はひどくばつの悪い顔をして、ワルツさんに謝った。彼女の子供が嘘をついたのか、それとも彼女が嘘をついたのか、は、この際追及しても仕方がないことだ。

自分のせいではない、と母親がつまらない意地を張ることもなかったのは、ワルツさんの顔色が大変だったからかもしれない。

ともかく本を回収し、よろめくワルツさんの腕を抱くようにして家をあとにし、近くの公園のベンチに座る。まだ目元を押さえて俯《うつむ》いているワルツさんに、千鳥さんは自販機であたたかいお茶を買ってきた。

「よければ、どうぞ」

千鳥さんが渡すと、顔を上げたワルツさんは、青白い、はかなげな顔で、それでも笑おうと努力したようだった。

まだ憔悴《しょうすい》の色が濃い。

千鳥さんとワルツさんはまだほんの数日、時間にしてみれば数時間の付き合いではあるけれど、それでもあんな風に、ワルツさんが取り乱すとは思ってもみなかった。

『いや、やめて、来ないで』

ワルツさんは尻餅をついたまま、壁まで後ずさる。目をぎゅっとつむって首を横に振り、子供のように泣き声をあげた。母親が犬を抱き上げても、犬の吠える声から逃れようとするかのように耳をふさいで。

抱き上げようとした千鳥さんの腕を強く摑んで。

『パパ』

多分、無意識だろう。そんな風に、腕の強さとは対照的にか細い声で口にした。

びっくりして慌てもしたけれど、幻滅したり、嫌だなとは千鳥さんは思わなかった。むしろ、親近感がわいた。この、なんでも出来そうな、素敵な図書館の司書さんが、それでも万能ではないのだと思った。

まったく端末を見ずに、位置情報を把握したからくりはわからず、神がかりすぎて少し気持ちが悪かったけれど、それもすぐに問い詰めようという気にはならない。今は、落ち着くまで待とうと思った。

ワルツさんはお茶を受け取り、その熱で指をあたためるようにして、それから大きくため息をついた。

「……昔、犬に追いかけられたことがあって」

次にそうして口を開く時には、彼女はもう、普段通りの口調に戻りつつあった。荒療治のように、ひとりで行うカウンセリングのように、ワルツさんは続ける。

「もっと怖い、大きな、野良犬でした。捕まったら、嚙まれたら死ぬって言われて。それから、犬は」

息を吸って、吐いて。

「今でも、夢に……」

とワルツさんはそれ以上言えないでいる。千鳥さんはひとまず落ち着かせるように隣に座って。

「サトミさん、このこと、知ってらっしゃったんですね」

と出来るだけいつも通りの口調で声をかけた。

はい、とワルツさんが頷く。

「前も、お子さんが返却してきた本に、犬の歯形がついていたことがあったんです。その時は、お子さんが内緒で持ってきて」

そこでワルツさんは、眉を下げてふっと、泣き笑いのような顔をした。

「美味しいんでしょうねえ。ちょっとわかります」

その言葉に、千鳥さんが首を傾げる。

「美味しいって、なんですか？」

「え、本が、ですけど」

今度はワルツさんの方が首を傾げて、なんでもないことのように言った。

（わかります、って）

なにがわかるんだろう。

この人、本が食べられたら、食べてしまうんじゃないかと、おかしなことを千鳥さんは思った。

その時、一際冷たい風が、千鳥さんとワルツさんの間を流れていった。ワルツさんはお茶のボトルを祈るように額につけて、目を閉じる。

それだけの様子になぜだか胸が痛くなって、千鳥さんはワルツさんの背中にそっと手を置いて言った。

「無理しない方が、いいんじゃないですか？」

え、とワルツさんが顔を上げて、声には出さず、聞き返す。

「苦手なものだってありますし、出来ないことだってありますよ。だから、無理をしなくてもいいと思います」

サトミさんもいるし、自分も、いるし、と千鳥さんが言う。まあもちろん、あの優秀なサトミさんと違って、千鳥さんにはなにが出来るというわけではないけれど。

「でも」

ワルツさんはけれど、軽く首を横に振り、言う。

「でも、これが、わたしの仕事なんですよ」

諦めでもなく、無理をしているわけでもなく、当たり前のことのように、ワルツさんは言うから。

「……すごいですね」

肩を落として、思わず千鳥さんは言っていた。

ワルツさんが千鳥さんを見返したのが、気配だけでわかった。千鳥さんは冬の、色の淡い空を眺めながら、自嘲気味に言う。

「仕事に誇りを持っている人って、本当にすごいと思います。わたしも、そうあれたら……そうなりたい、って、思っていたこともありました。でも」

それ以前の問題でした、と千鳥さん。

「就職活動の、採用試験、のきなみ落ちて。学術LBの管理会社には、最終面接までいったんですけど……」

あの時のことを思い出すと、今でも胃液がせりあがってくるようだ。千鳥さんがまぶたを下ろす。

「全然、だめで」

口に出して言ってみたら、なんて陳腐な悩みなんだろうと思わずにはいられなかった。

「自信とか、なくなっちゃいました」

わざと明るくそう言って、ワルツさんを振り返るけれど、こちらを見てくるワルツさんの眼差しが気まずいほどに真面目だったから、すぐに千鳥さんは目をそらした。ベンチに座る自分のつま先を眺めながら。

「だめなんです」

とかすれた声で言った。

「だめって、なにが?」

今度はワルツさんが聞き返す。千鳥さんは思い返す。自分の、薬がたくさん入ったポーチのこと。

『繊細な子なのね』

いつだったか、保健の先生に言われた、同情めいた、呆れた言葉。

そんなのは絶対に誉め言葉じゃない、と千鳥さんにだって、わかっている。

掛かりつけの病院の先生は、「無理はしないで」といつも言う。

『無理はしないで。君の症状には直接的な原因が見つからないけれど』

ストレスを、ためないように。規則正しい生活を送って、自律神経を整えて。

(でも、それって)

甘えとどう違うんだろう?

世の中の人が出来ていることが、出来ない。それは、ただの、排斥《はいせき》されるべき不具合なんじゃないか。

自分のどこが悪いのかと言われたら。

「……なにもかもです。全部。中途半端で、いいところなんて全然ないし。ほんと、わたし、だめなんです」

千鳥さんのそんな自虐《じぎゃく》的な言葉に、ワルツさんはふっと笑った。笑った? と驚いて千鳥さんが見返すと。

「前、そんなことを言っていたお客さんがいましたっけね。うまくいかない、自分はだめなんだ、って」

と、ワルツさんは思い出すように目を細めた。

「……なんて、答えたんですか？」

ワルツさんは図書館の司書で、人生相談は仕事ではないだろうと思うのに。どんな風に答えたのか、気になってしまった。

ワルツさんは今度こそ、くすりと笑うと。指先を合わせて、芝居がかった口調で言う。

「たいへん」

千鳥さんを覗き込んで。

「そんな時は、本を読まなくっちゃ」

嬉しい時の読書は素敵だし、悲しい時の読書も、格別だから、と囁《ささや》くように告げた。すっかり元気になったようなワルツさんの様子に、千鳥さんも思わず笑みをもらした。

「探したい本が、あるんですけど。わたしにも、本、紹介してもらえますかね？」

端末で探すと、気分が悪くなってしまうから、ワルツさんに、紹介してもらいたい。冗談半分に言ったら、ワルツさんはぱっと顔を輝かせ、中途半端にあたためられた指先で、千鳥さんの手をぱっと取って。

「もちろん！」

真っ直ぐに、目をきらきらさせながら、言った。

「あなたのための本を、一緒にお探ししますよ」

その言葉に、千鳥さんは眉を上げ、ふっと息を吐くように笑って、二人で顔を見合わせて。

寒かったけれど、春のような気持ちになった。

「これ、ありがとうございます」

ワルツさんがお茶のボトルを持って、小さく首を傾げて覗きこむようにして、千鳥さんに言った。

「代金お支払いします」

千鳥さんは慌てて、両手を振る。

「あ、いいんです」

わたしもいただいたから、と千鳥さんが、以前図書館で水をもらった時のことを伝えれば、ワルツさんはすぐに得心がいったように目を細めて。

「岩波《イワナミ》さんですね」

と頷いた。それが千鳥さんに水をくれたおじいさんの名前であることは、確認せずとも千鳥さんにもわかった。

「ワルツさんは、なんでも知っているんですね」

図書館のこと、と千鳥さんが言う。先の、鮮《あざ》やかな図書探索を思い出しながら。けれどワルツさんは、首を横に振って。

「そうでもありませんよ」

本のこと、だけです。と膝の上の、ぼろぼろになってしまった児童書をなでた。

無残な姿になってしまったその本に、千鳥さんは注意深く、ゆっくりと尋ねる。

「……その本、どうするんですか」

問われたワルツさんはそっと肩を落とし、けれど顔色はさっきよりもずいぶんよくなりながら、言った。

「ここまで破損が進んでしまうと、素人《しろうと》の手では、なかなか直せませんから」

労《いたわ》るように、慈《いつく》しむように、ちぎれた本の端をなぜて。言葉を落とした。

「お医者さんを呼ばなくっちゃ」

その言葉に、千鳥さんが、慎重に振り返る。

「お医者、さん」

低い声でそう言うと、声の違いに驚いたのはワルツさんの方で。

「……千鳥さん？」

と、首を傾げて呼びかける。

「どうか、しましたか？」

千鳥さんはワルツさんから目をそらすと、眠るように目を伏せて、首を横に振り。

「いいえ」

噛みしめるように言ったまま。冷たい風が、頬をなぜても。

「なんでもないんです」

決してワルツさんと、目を合わせることはなかった。

千鳥さんがワルツさんの督促業務に同行した、その次の日のこと。開館間もないサエズリ図書館に、一台のプライベートカーが停まり、全自動化された車内から、ひとりの老人が降り立った。

最初に彼と顔を合わせたのは、図書館の警備員であるタンゴくんだった。きっちりとした警備員の制服を着て、白い息を吐きながらもコートを着ることもせずに図書館の入り口に立っていた彼は、プライベートカーには特になんの指示も出さなかった。全自動化されたひとり用の小型車であるプライベートカーは、誘導がなくても機械的に駐車をすることを知っているからだ。

その車から降りてきたのはひとりの老人だった。

後ろになでつけ流された真っ白な白髪《しらが》と、顔から指先まで刻まれた深い皺、顔に浮かぶしみから一目で老人とわかるのに、その足取りはひどくかくしゃくとして軽やかと言えるほどだった。

小柄だが、手足は長く、また首と呼べる場所はどれも折れそうに細かった。片目だけにつけられた眼鏡は特殊なつくりのようで、レンズが見えない。

コートは重い色合いだったが、鮮やかな赤と水色のスカーフが人の目を引き、高価なものとすぐにわかる靴の先はなにかがしたたりそうなほど黒く光って尖《とが》っていた。

見慣れない、けれど特徴的な客であったので、タンゴくんはちらりと小さめの黒目だけ動かして様子を窺った。

タンゴくんは警備員としてはこれ以上なく真面目だが、愛想がいい方ではないので、おはようございますと挨拶はしなかった。ただ、顎を突き出すようにして一瞬、会釈をした。老人客はそのまま受け流すように隣を通っていこうとして、十歩ほど後ろ向きに戻ってきた。

「なんだ！　新しい警備員か！　コートも着ずに寒々しい！」

張りのある、けれど無駄に大きな声だった。帽子の下で、タンゴくんはちょっと眉を寄せた。

「立っているだけでは余計に寒かろう！　いじめか！」

どうやら、労りらしい、ということはコミュニケーション能力の低いタンゴくんにもわかったが、（迷惑だな）とあまり雄弁ではない顔に書いた。

いじめかって、仕事だけど、と思いはすれども。

手袋をした手で帽子を直しながら、ぼそりと答えた。

「……若いんで」

アンタとは、違って、ということは、思っただけで言わなかった。老人客はぴんと眉を上げて。

「そうか！」

大仰なほど深く頷いた。それからずいぶん納得した様子で。

「若いなら結構だ！　若いというだけで価値が高い！」

大いに結構だ！　と再度言い捨てると、そのまま大きなかぎ鼻の下、口をへの字に曲げてゲートをくぐりサエズリ図書館に入っていく。タンゴくんはそれ以上なにも答えなかったが、一応振り返って覗き込むようにして、老人客の動向を窺った。

純粋な興味や個人的な感想とは別に、警備員としての職務意識だった。

他の利用客や職員に対し迷惑行為があれば、対応するのが彼の仕事だから。老人は真っ直ぐカウンターに向かうと、座っていたサトミさんが立ちあがり。

「おはようございます」

深々とそう、頭を下げた。常の利用者ではないことだった。その対応だけで、まぁ大丈夫だろうとタンゴくんは納得して、また身体の方向を戻した。

老人はサトミさんの丁寧な対応に慣れているのか、一度大きく頷くと、

「邪魔をする」

ノイズが混じるような嗄《か》れた声でそう言うと、真っ直ぐに事務室に歩いていく。サトミさんは恭《うやうや》しく、しばらく頭を下げたままだった。

事務室にたどり着いた老人は、すぐにワルツさんの目に留まった。特徴的な足音で聞き分けていたのか、ワルツさんは立ちあがりながら労るように、覗き込んだ。

「先生、申し訳ありません。寒い中、わざわざ……」

「寒いのは季節のせいだし、朝が早いのは年のせいだ。あんたのせいじゃない」

挨拶を途中で切るようにして、老人客は言う。

「本は？」

挨拶もそぞろの問いかけに、ワルツさんは小さく笑い、透明ケースに保管していた破損資料を老人に渡した。

「こちらです」

一目見て、老人の顔がこれ以上なく歪《ゆが》む。

「なんだね、これは」

そして不機嫌さを隠そうともせずに、本を二度、三度、強く振ると、吐き捨てるように言った。

「この図書館では本を犬にも貸し出すのか！」

ワルツさんはそう糾弾《きゅうだん》されても、穏やかな目をしたまま狼狽えることはなかった。ただ、静かな声で、問いかける。

「直りませんか？」

フン、と老人が顔の割に大きな鼻を鳴らした。そしてはっきりと、ワルツさんに宣言するように、言う。

「直らない本などない」

形がある限り、絶対に。そう告げる老人に、ワルツさんは目を細めて、穏やかに微笑んだ。その笑顔にむしろ不機嫌な様子を隠そうともせず、老人は後ろを振り返ると図書館の開架に目をやった。

まだ朝の早い図書館には、利用客は少なく、朝の書架整理のボランティアの姿しか見えない。

「前に渡された都市部《シティ》の本の修理はまだ……」

言いながら、書架に本を戻す人の横顔を見、また顔を戻し、それからもう一度、今度はぱっと振り返った。

「……なんだと？」

思わずといったように呟《つぶや》く老人に、ワルツさんも同じように目を向け。

「千鳥さんがどうかしましたか？」

と尋ねた。視線の先にいるのは、書架整理ボランティアの、千鳥さんだ。

前に彼に来てもらった時には、彼女はまだいなかったはずだから、初対面のはずだけれど、と首を傾げるワルツさんに、「やっぱりか」と幽霊でも見るように吐き捨てて。

「どうして彼女がここにいる！」

とワルツさんに詰め寄った。

「どうしても、こうしても……」

ワルツさんが小さく苦笑しながら、ボランティアスタッフとして来ていることを告げようとしたその時だった。

「先生」

声を聞きつけやってきたのは、千鳥さんその人だった。彼女の顔には、老人とは違い、驚きが浮かんでいなかった。

かわりに、まるでなにかを決めたような、必死で、悲壮な色をその目ににじませて。

「降旗《フルハタ》先生、おはようございます」

硬い声で、そう告げた。

老人は千鳥さんを振り返ることをせず、舌でも嚙んだかのように、苦々しい顔で言った。

「なぜ……ここに、君がおるかね。千鳥くん」

問われた千鳥さんは、背筋をただし、サエズリ図書館のロゴが入った、エプロンを着たまま言葉を発しかけ。

「──本の、価値を」

そこまで言って、言い直す。嘘も、偽りも、都合のいい飾り立てや、誤魔化《ごまか》しもなく。

本当のことを言うために。

「先生に、会えるかと思って、ここにいました」

先生、と千鳥さんが、老人を呼ぶ。

「わたしを、先生の、弟子にしてください」

第二話　サエズリ図書館のチドリさんⅡ

男は本を読んでいた。

一心不乱にただ、読書をしていた。男の部屋に、もうひとり、男が入ってきた。重い木製のドアを開き、ノックもせずに。

その部屋の主である男は、入室者のことを知っていた。今日来るであろうと思っていたし、来るのであればこのくらいの時刻であろうと目算していた。そう、彼は、目で測っていた。

読んでいたページの端の数字は三百を超えようとしていた。一ページ辺りの文字数、加えて内容の密度、自身の黙読速度から、来客はこの本の時間、すなわちこの本の二百五十から三百ページの間に現れるだろうと思っていた。そして彼の予測の通りに、来客は現れた。部屋の主は机に向かったまま、本から顔を上げず、自身の隣、本棚の一角を指した。

本棚の縁《ふち》にはみ出すようにつみあげられていたのは、果たして本であった。しかし、ずいぶんくたびれた本だった。大小様々であり、西洋のもの、東洋のものもあったが、皆一様に傷みが激しいことは明らかだった。

一番上に置かれていたのは、部屋の主が今まさに読んでいる全集のうちの一冊だった。読み終えたことを示すように、スピンは本の最後に挟まれていた。一番上に置いてあるのだから、優先順位が高いという無言の主張だった。

そうして本には明白な順位がつけられているのに、本を前にしたこの男には、客人への応対の優先度などたかが知れているようだった。仕事と、本。部屋の主の生活はその二つに支配されていて、それ以外は、些事《さじ》なのだろう。

だから常であれば無言で本を持って立ち去るのだが、その日は本を前に厳しい顔をして、手に取ることもしなかった。

数分の沈黙ののち、ふと部屋の主が顔を上げた。また文字を追う作業に引き寄せられながらも、口を開く。

『十五世紀の医学書が混ざっているだろう。それは時間がかかるだろうから、いつでも構わない』

インキュナブラと呼ばれる稀覯書《きこうしょ》だった。今ではもう、この世に十冊と同じものはない本だ。よろしく頼む、と部屋の主は淡々と告げた。それは決しておざなりな言葉ではないと、偏屈同士短くない付き合いがある男にはわかっていた。

主は無類の書痴《しょち》だった。

そして客は本の修復家だった。

彼らは相応な必要性をもって知りあい、良好な関係を保っているはずだった。仕事、金銭の上では。

けれどその日、修復家は、書痴たる男の本を取らなかった。仕事を請け負いに来たはずであるのに、本を手に取らず、苛立《いらだ》ちを隠せない声で言った。

『いつまでこんなことを続けるんだ』

たぐいまれなる技術を金に換え、それを本に換え。時には労働の対価を直接本にすり替えて。本に囲まれ、いつかこの男は本に潰され死ぬのかと思うと、修復家は言わずにはおれなかった。

対する男の答えは淡々としていた。振り返りもしなかったし、活字に縫い止められた顔を上げることもしなかった。ページをめくる手を止めずに、言った。

『いつまで？　期間を区切ることに意味があるのか』

死ぬまで、と。

言外に彼は告げていた。

『お前が死んで。残るのは本だけか』

それが虚《むな》しいことであるかのように、詰問のように修復家は言った。行き場のない怒りをぶつけるかのようでもあった。

その言葉に、部屋の主ははじめて反応らしい反応を見せた。パチン、と軽快に指を鳴らして。

『実に素晴らしい』

感嘆のように言うも、その目は、まだ、活字に囚われている。

『私が死んでも、本が残る』

いいか降旗《コウキ》、アレクサンドリアを忘れるなよ。

そう呟《つぶや》いた、本の囚人の名は割津《ワルツ》義昭《よしあきら》。

割津教授《プロフエッサーワルツ》として、まだ。

彼の残すものが、本だけ、だった頃の話。

＊

ＤＢ《データベース》と呼ばれた検索システムは、先進時代において水、ガス、電気に次ぐ、人間が人間らしい生活を送るための文化的ライフラインである。リアルタイムにすべての情報《データ》にアクセス出来て、精度は様々なれど、おおよそ人間の知っていることでＤＢに登録されていないものはないと言われたほどだ。

情報とは、未来へのエネルギーである、と述べた学者がいた。

確かに一度見つけた膨大なソースを手放すことは、人類には出来なくなっていた。

また、ＤＢの発達に伴い、ＬＢ《リストベース》と呼ばれる分野ごとの専門検索も発達した。学術や研究の分野においては、刻一刻と発達し続け、また改良され続ける情報網は、コンピューターと、そしてまた確実な知識を持つ人間の管理が必須となる。

そのためつくられたのがＬＢ管理者という特別な資格だった。それぞれの分野に専門知識を持ったＬＢ管理者が置かれ、戦後《Ａ・Ｐ》となった今でも、データリソースを有用なリストにするために必要な職業だった。

大学に残り、ＬＢ管理者となることを千鳥《チドリ》さんにすすめたのは研究室の教授だった。専門分野に進んですぐにあった演習授業において、千鳥さんの提出したリスト課題を教授が覚えていたことが発端だった。

『ＬＢ管理者は特別な能力が必要ってわけではないんだが』

教授はそんな、誉めているのかけなしているのかわからないことを言った。

『とにかく根気のいる仕事なんだよ』

砂浜の砂をよりわけていくような作業だ。多くの学生がテンプレートのリストをいじるだけで済ませる中、一からつくり直した千鳥さんは優秀というよりも酔狂にうつったらしい。

つらかったか、と聞かれたので、千鳥さんは首を傾《かし》げ、

『体調があまりよくなくて、それはつらかったですけど……それ以外は』

細かい仕事が、好きなのでという答えに『そうか』と教授は頷《うなず》いた。そんな生来の生真面目《きまじめ》さに加えて、ちょうど千鳥さんの専門分野にＬＢ管理者の欠員が出て、募集がかかったことも要因のひとつだ。幸いなことに、そのために必要な資格も千鳥さんは集中講義で取得していた。

『ま、君は、特になりたいものもないのだったら』

おすすめだよ、と言ってくれたのはとても、ありがたかったけれど。研究と分類を仕事にする、ということに、ピンとこなかったのも事実だ。

おすすめなのか。そういうものかと思いながら、すすめられるままに採用試験を受けに行った。

採用試験は大型端末を使ったデータ管理が主だった。半日かけて大がかりなデータ整理を行

う課題の真っ最中に、千鳥さんは気分を悪くし、試験会場の退室を余儀なくされた。教授のすすめもなにもかも無為にした千鳥さんは、自分の不出来を心から呪った。

繊細な子供。

重圧に弱い身体《からだ》と、心。

『このままだと棄権ということになりますよ』

外の空気を吸いたいと言った千鳥さんに告げた、試験官の言葉がぐるぐると頭の中を回っていた。もう、身体が悪いのか心が悪いのかもわからなかった。

ただ、願わくは一刻も早く楽になりたかった、し。

最後まで試験を受けて、惨敗するよりも先に、体調を理由に逃げてしまいたかったのかもしれない。

小さな頃から勉強だけだった。身体は弱かったけど。いや、心が、すぐに落ち込んでしまうたちであったけれど。

それでも、安全な方向に、外れないようにはみ出さないように高望みもせずに進んできたつもりだった。

『救急車を呼びますか?』

廊下に出て長椅子に身体を預けた千鳥さんに、試験官はそう言った。千鳥さんは首を横に振った。大丈夫です、という言葉はかすれていた。だって、どうせ、病院に行ったところで。薬以上のものを、くれるわけでもない。

試験官は会場に戻る旨を千鳥さんに伝えた。千鳥さんに戻ってこいとは言わなかった。空調の効きすぎた廊下で、千鳥さんは指先が冷えていくのを感じた。

ガンガンと頭が鳴って、ちらちらと光が飛んでいた。夏の日差しよりもっと鋭い光だった。目を閉じてもまぶしく、聴覚だけが、死ぬ間際みたいに研ぎ澄まされていた。

カツンカツン、カツン。

早い足音がして、人が傍《かたわ》らを歩いていくのがわかった。隣を過ぎて、そのままどこかに行ってしまうのだろうと思っていた足音は、けれど、コツコツコツ、と音を変えて、千鳥さんのもとまで戻ってきた。

『なんだね』

ぐい、と、強く不躾《ぶしつけ》な力が、千鳥さんの目元を覆っていた腕を摑んで動かした。

『昼寝をするならよそでしなさい』

叱《しか》りつけるようなその言葉に、千鳥さんは、顔を歪《ゆが》めたままで、唇《くちびる》を震わせた。けれど、言葉は出なかった。

『なんだね』

ともう一度相手は言った。それから、『死人のような唇だな!』と、呆れたように言ったのがわかった。

相手が誰かもわからなかったし、どんな人間なのかも、かろうじて大人の男性だとわかっただけで、知人なのか見知らぬ人なのかもわからなかった。

ただ、千鳥さんはまぶしい、と思った。

まぶしい。よく見えない。

それが、千鳥さんが、降旗《フルハタ》先生に出会った、はじめての印象だった。


——先生の、弟子にしてください。

サエズリ図書館に、千鳥さんの声が響き渡った。

久しぶりに顔を合わせた降旗先生は、相も変わらずぴんと伸びた背中に、乾いた白髪《しらが》、それから差し込む朝日を浴びて、やっぱりきらきらしてるなあと千鳥さんは思った。

降旗先生は驚いた顔をしていたけれど、千鳥さんに驚きはなかった。きっと、本の修復の依頼に応えて図書館に来るのであれば先生だと信じていたから。ただ、緊張と、胸を叩くような息苦しさがあった。

「まだそんなことを言ってるのか」

やれやれと肩をすくめるように降旗先生は息をついた。

「その話は終わったはずだ」

「終わってません」

自分がこんな強情な声を出せるだなんて、千鳥さんは思ってもみなかった。一方でわがままな子供みたいだとも思った。

けれど、わがままな子供になる以外に、こうも年の離れた相手に話を聞いてもらえる方法はないと思った。

わたし達の間の話は、終わってもいないし、はじまってもいない、と千鳥さんは主張した。もっと幼い、子供の屁理屈のように。その姑息《こそく》さと、子供っぽさを嫌悪するように降旗先生は皺《しわ》の深い、顔を歪めて。

「大体なんで君のような大学生がこんなところにいるんだ。大学はどうした、就職活動中じゃなかったのか」

「だから……」

「ボランティアなんですよ」

助け船のように、双方を宥《なだ》めるように、そっと言葉をすべり込ませてきたのはワルツさんだった。

降旗先生が振り返る。

「ボランティア？ あんたが雇ったというのか！」

「ええ」

二人の間になにがあったのか。なにも知らないはずのワルツさんは、けれど口角を笑みの形につくって、頷いた。

「わたしがお願いしました。千鳥さんに、ボランティアスタッフとしてここで働いていただきたいと」

いけませんでしたか？　とワルツさんが聞けば、降旗先生は、ワルツさんにはなにも言わなかった。それが、取引相手だからなのか、もっと特別な付き合い故《ゆえ》の信頼なのかは、千鳥さんにはわからなかった。

「……わたしには関係のない話だ」

鞄《かばん》を脇に抱えて、コートを整え、立ち去ることを匂わせる降旗先生に、千鳥さんは棚の向こうから身を乗り出すようにして前に出た。

「関係あります」

少なくとも、千鳥さんは、降旗先生がいなかったらここには来なかっただろう。本を、手に取ることもなかっただろう。

「だって、わたし」

本の、修復家に。

「言ったはずだ」

言葉を断ち切るように、降旗先生は言い捨てた。なおも近づこうとする千鳥さんを、床に縫い止めるような、強い言葉だった。

「わたしは生涯弟子は取らない」

それだけを言って、ワルツさんに会釈《えしやく》もせずに、事務室をあとにしていく。加齢を感じさせない、若々しい足取りで。

同じだ、と千鳥さんは思う。

はじめて出会ったあの時から、夏の日から。降旗先生は、なにも変わらない。

降旗庵治《オウジ》という名前について、出会ったその時は千鳥さんは知らず、もっと後になってきちんと認識した。誰しもが知る有名人というわけではなかったが、いっぱしの専門家、しかも今は稀少となった「紙の本」に携わる人間ならば、知らないでは済まされない、名の通った技術者だった。

そう、彼が持っているのは技術であり、またひとつの伝統と言っても過言ではなかった。

図書修復家。

今はもう失われていくばかりの「本」を、修復するのが彼の仕事だった。本自体が高価で稀少となってからはその技術を持つ人間自体が少なく、DBで日本人の図書修復家を検索すれば、一番はじめに彼の連絡先が表示されることだろう。

降旗先生はその時、LB管理局に、施設外に持ち出し禁止とされた貴重な資料本の修復のために訪れていたのだった。

後からDBで調べたところによれば、御年七十を過ぎているという。けれど千鳥さんの手首を摑む手の力は強かった。

水気と指紋のあまりない手だった。

『いくらなんでも、この冷気は身体に悪かろう。若い娘が薄い服を着て、身体を冷やしていいことなどあるものか！』

そう言って降旗先生は、より空調管理がしっかりした小さな部屋に千鳥さんを連れていった。

空《あ》いていた古いソファに乱暴に座らせると、すぐに関心をなくしてしまったように、『落ち着いたら病院でもなんでも行きなさい』と言って、照明の明るい部屋で荷物を開きだした。

千鳥さんはまだまぶしい視界の中で、ぼんやりと、部屋の中、それからそこに立っている降旗先生を見ていた。消毒液のようなにおいは保健室を思い出させたけれど、鈍い自然色でまとめられた部屋には不思議と息苦しさが感じられなかった。

鍵のかかったガラス棚には、本が収められている。その書棚が、小さい部屋をより圧迫しているのだった。

そこにはモニタも端末もなく、大きな鞄から取り出された様々な道具があった。

千鳥さんは不調に身体を任せて、定まらない視界でぼんやりと降旗先生のシルエットを眺めていた。少しだけ顎《あご》をつきだした形の、けれど丸くはない背中。肩を過ぎる髪は飾り気のないゴムでまとめている。

手にしているのは一冊の本だった。古く、歴史的な価値があるものだということは一目でわかる。今にも朽ちて崩れそうなそれを、降旗先生は長い指で取り上げ、片目をつむって拡大鏡を見ながら慎重に解体していった。

薬品につけ、へらで伸ばし。

紙を合わせ。

糸を使い、縫っていく。

一冊にかかりきりになるわけではなく、傷みの激しくない本もいくつか隣に置いて、手の空く時間がないように鮮《あざ》やかに修復の作業を続けていった。

それはまるで、本を壊すような手際であり、また、一からつくり直すような所作でもあった。千鳥さんは身体を横たえたまま、息をひそめるようにしてじっとその作業を見ていた。飽きることもなく、眠くなることもなく……不思議と、あれほどいつも自身を苦しめている、身体や頭の重みを感じることもなかった。

迷いのない音がしている。掻くような音。浸すような音。切るような音。しっかりと、接着する音。電子音ではない、紙と、紙、時に筆、糸が擦《す》れ合う音はかすかで、それでいて真っ直ぐだ。

面白いとも思わなかったし、すごいとも思わなかった。ただ、その音を耳で聞き、その姿を目で見て、人間の手が、なにを生み出せるのかを凝視していた。

考えたのは、針と糸のこと。小さい時に行った工作のこと。祖母から学んだ編み物のこと。先生に誉められた絵のこと。大切にしまいこんで、なくしてしまったスケッチブックのこと。

明るい部屋は停電の夜のように静かだった。手仕事の音だけがしていた。

夢中になる一方で、時間の感覚はすっかり麻痺《まひ》してしまったようだった。時計のない部屋だったからだと気づいたのはあとになってからだ。昼食もとらずに、四時間近くそうして先生の作業を眺めていた。

降旗先生もまた、椅子にも座らずに立ったまま修復作業を続けた。老体にはあり得ないような集中力だった。

やがて一段落ついたのか、首を持ち上げるようにして腰を叩いた。その仕草だけは、年相応に、年月を経た人間のものだった。

その呼吸の合間に合わせるように、千鳥さんもゆっくりと身体を起きあがらせた。ずっと同じ体勢でいたので、身体はきしんでいたし、頰もわずかに赤くなっていたけれど。

心は何故《なぜ》か軽かったし、だというのに不思議と、心臓ははやく音を立てていた。

『なんだ』

横目でちらりと千鳥さんを見て、降旗先生は面白くもない冗談のように言った。

『死んでるのかと思えば、生きていたのかね』

千鳥さんは喘《あえ》ぐように、大きく息を吸って、吐いた。薬品のにおいと、それから、紙の甘いにおいが鼻の奥をなでた。

『あの』

すごいですね、と長く同じ体勢でいたため、かすれた声で言ったなら、

『なにがだ?』

と逆に尋ね返された。なにが、すごいのか。千鳥さんもすぐには答えられなかった。この空間がすごいと思ったし、この仕事がすごいと思ったのだ。

今の、時代に。機械ではなく、指先で、紙に触れる仕事。ものをつくり、直す、その行為と、生き方について。

そうして呼吸をする間に、思い直すようなことがあったならば、やめておこうと思ったけれど、思い直さなかったので、そのまま告げることにした。

『今、あなたの、やっていること、がすごいと思いました』

様々な道具の並ぶ、作業台を見て。千鳥さんは緊張した声で、はっきりと言った。

『この仕事には、どうやったらつけますか』

降旗先生は、わずかに首を曲げ、千鳥さんを振り返った。そうして、睨《にら》み付けるようにした。

千鳥さんはごくりと喉を鳴らして、言葉を重ねた。今度はもっと、はっきりと。誤解されないように、今を逃したらもう届かないとでも思うように。

あとから考えれば、出会ってまだ、数時間という短さだったからこそ、あんな不躾なことを言えたのかもしれない。

『わたしを……弟子に、してくれませんか』

我ながら、前振りのないことを言っている、とわかっていた。突然で、唐突で、意味不明だろう。

けれど、年の功であったのか。降旗先生は、千鳥さんの世迷《よま》い言《ごと》にも、聞き返すようなことはしなかった。

ただ、千鳥さんに向き直り。

両手をポケットにいれて、千鳥さんと同じようにはっきりと答えた。

『断る』

まるで、そう言われることを予測して何年も前から用意していたかのような。もしくは、これまで何度も行ってきた問答を繰り返すようだった。

『生涯、弟子は取らん』

それからはじめて、降旗先生は千鳥さんから目をそらし、斜め下を見ながら、自分に言い聞かせるように、低い声で言った。

『――わたしは、この仕事と心中するのだ』


心中、という言葉を聞いて、ワルツさんはコーヒーをいれていた手を止めた。

「それは、穏当ではありませんね」

サエズリ図書館の事務室には、ワルツさんと千鳥さんしかいない。降旗先生に置いていかれ、覚悟をしていたことだが、その拒絶に肩を落とした千鳥さんを、ワルツさんは励ますように事務室のソファに座らせた。

千鳥さんが話しはじめたのは、もう半年も前になる、降旗先生との出会いだった。千鳥さんは肩をすくめて小さくなりながら言う。

「……なんで、あんなことを言ったのか、わからないんです。わたしだって」

仕事をしたい。弟子になりたいなんて。

一時の迷いで言っていいことではないだろう。そしてそれに対する降旗先生の返答も、ひどく重く、一時的な誤魔化《ごまか》しでは決してなかった。

けれどあんなにはっきりと断られたからこそ、執着したのかもしれなかった。どうしてと思い、理由が知りたかった。

「もちろん、受け入れられることはありませんでしたが……」

連絡先を調べてメールを送ったが、返ってくることはなかった。

独学で技術を知ろうとしても、学び取れることは少なかった。説明や動画はDBからいくらでも吸い出せたが、道具ひとつ手に入れることさえ難しい。紙一枚でも、修復に使われるような特別なものは何週間もかけて取り寄せなければならなかったし、揃えるだけで途方もない金額になりそうだった。

すべてが一度コンピューター化された今の時代に、手仕事、ということの難解さを思った。それでも、そのことが、一種の魅力となって千鳥さんにはうつった。

(手と指でしか、出来ないこと)

たとえば、本のページをめくるように。手によって使われるものは、手でしか直すことが出来ないのだろう。

踏ん切りがつけば諦《あきら》められるかとも思い、就職活動も続けたが、どこも成果は芳《かんば》しくない。LB管理者試験に落ちた今では、やりたい仕事もない。もちろん、図書修復家、という仕事が、本当にやりたいことなのかもわからなかった。あやふやでおぼろげな今の、逃避でしかないのかもしれない。

担当教官である教授に相談すると、決して積極的にはすすめなかったが、LBの試験に落ちたことも気にしているのだろう。付き合いがある人に口をきいてもらえることになった。

けれど、返ってきた結果は厳しかった。弟子は取らない、どころか最近では、新しい仕事もほとんど受けてはいないらしい。

『おそらくだが……もう、仕事をたたむ気でいるようだ』

それを聞いた時、目の前が真っ暗になるかと思った。

あり得ない。あの人にしか直せない本はたくさんあるはずなのに、と。その本は一体どうなるのかと、思わず教授に詰め寄れば、教授は渋い顔のままで、なんでも……と伝聞にすぎない情報を教えてくれた。

『ある民間研究所で、彼のノウハウをすべてプログラミングし修復機をつくるプロジェクトが持ちかけられているらしい。彼はその話に乗ったと――』

「あり得ない、って思いました」

コーヒーには口をつけず、あたためるようにして、千鳥さんは言う。

「だって、あんなに見事な技術じゃないですか。機械や、プログラムが代理で出来るわけがないって思ったんです。どれほど技術が進んだって、人間の手と指でしか直せないものはあるって、信じます。わたしは。だから……理由が聞きたくて、会って欲しくて、何度か、通いました。ＬＢの施設には通いでいらっしゃっていたとのことなので、失礼かと思いましたけど、ご自宅の方まで……」

会えたのは一度だけだ。降旗先生の家は古い家屋だった。先進時代よりもっと前の、木造家屋だ。本という高価なものを扱うにはセキュリティに不安がありそうだったが、一方で降旗先生らしいとも思えた。

家の前で待っていたら、帰宅する時間に鉢合わせた。先生、と呼んだら降旗先生は振り返り、眉《まゆ》を寄せて。

千鳥くん、と小さく呟《つぶや》いた。

その時に、わっと千鳥さんの中でなにかが色づいたのがわかった。千鳥くん。その呼び名。高揚《こうよう》した。思わず、すいません、お願いします。お話だけでもと頭を下げた。

会えただけで、嬉しかった。

ドキドキしたのだ。

けれど降旗先生はもちろん、千鳥さんを歓迎はしてくれなかった。

『なんの用かね』

警察を呼ばれたいのか、と聞かれ、千鳥さんは汗をにじませて言った。

『メールを、返して、いただけないので』

修復機をつくるって、本当ですか。そう糾弾《きゅうだん》するように千鳥さんが言えば、降旗先生が顔を歪めた。

『それがどうした』

『機械なんかに、先生の仕事を受け継がせるつもりですか⁉』

ぎょろりとした先生の目がこぼれ落ちんほどに見開かれ、厳しい一喝《いっかつ》が響いた。

『機械なんぞに出来るのならば、やればよかろう！』

千鳥さんは驚き、まばたきをしたのを覚えている。降旗先生が、一体なにを思っているのかわからなくなったからだ。

なにが大切で。なにを信じているのか。

千鳥さんの目から見ても、迷い、憤《いきどお》っているように感じられた。誰かになにかを、否定して欲しがっているような。だから、自分の言葉に価値があるか、意味があるかはわからなかったけれど、言わずにはいられなかった。

『本は、機械じゃないと思います』

だから、プログラミングで自動修復は出来ない。そう千鳥さんは思っていたし、降旗先生だってそうだろうと思った。

『人の手だから、この仕事には価値があると……！』

降旗先生は大きくため息をつき、髪をかきあげて帽子をかぶり直した。そして吐き捨てるように言った。

『なぜ君がこんな仕事に固執するのか、わたしには一切わからん！』

千鳥さんにだってわからなかった。だから答えられなかった。常套句《じょうとうく》を答えた。

本の失われつつあるこの時代に、図書修復の仕事は素晴らしいはずだ、と。

『素晴らしい？』

その言葉は、けれど、降旗先生の逆鱗《げきりん》に触れたようだった。

『君は本のなにを知っているというのかね！』

帰りたまえ、わたしの時間をこれ以上無駄に奪いたくなかったら。その言葉に、千鳥さんは引き下がるしかなかった。最後に、降旗先生は千鳥さんに言った。

『本には延命をする価値がない』

だから、わたしの仕事にも価値がないのだと、彼は、そう言った。

じりじりと夏の終わりの日差しが地面を焼いていた。

蟬時雨《せみしぐれ》は、末期《まつご》の声のようだった。

今、サエズリ図書館は、静かだった。

「……だから、ここに？」

千鳥さんの話を聞いてくれた、ワルツさんの言葉は優しく、労《いたわ》りに満ちていた。呆れもしなかったし、批難もしなかった。やわらかく包み込むように、千鳥さんを見て首を傾げた。

逆にその対応に千鳥さんは恥じ入り、肩をすくめて小さくなった。サエズリ図書館のことを教えてくれたのも大学の担当教官だった。ここに来れば、本がたくさんある。そしてここに来ればきっと、降旗先生とも縁が出来るだろう、と。

自分の仕事に価値がないと言った、その言葉をなんとか覆《くつがえ》したかった。千鳥さん自身の本当の言葉、本当の気持ちで。

そのために、多分、今、この国で。

これだけの量の本に自由に触れる場所は、ここしかないのだ。

けれどどんな風に願っていいのかわからなかった。サエズリ図書館のページにアクセスしてみれば、目に入ったのはボランティアスタッフ募集の文字。

これしかない、と思った。清水《きよみず》の舞台から飛び降りるような気持ちだった。

「すみません、不純で」

「どうして？」

全然不純なんかじゃありませんよ、とワルツさんは笑みを絶やさずに言った。

「千鳥さんが本のお医者さんになってくれたら、わたしはとても嬉しいです」

だって降旗先生は、ずっとひとりでやっていらっしゃったから、とワルツさんは、少し遠くを見る目をした。

千鳥さんと降旗先生が顔を合わせて、険悪な雰囲気になりそうだったのを宥めてくれたのはワルツさんだった。

「あの、ワルツさんは」

降旗先生と長いお付き合いなんですか、とおそるおそる、尋ねる。その問いかけに、ワルツさんはやわらかく笑って。

「そうですね。じゃあ、その話は、図書館が閉館してからにしましょうか」

今夜、どうぞ、と気軽に言った。それは今は、仕事に専念しましょうという合図でもあるようだった。

「サトミさんに怒られてしまいますから、ね?」

今日もよろしくお願いいたします、とワルツさんは、いつもボランティアスタッフに言うように言って、頭を下げた。

千鳥さんも背筋を正す。

そうだ、自分は、ここに仕事《ボランティア》に来ているのだ。


一冊一冊、返却本を棚に戻しながら、千鳥さんは深く息をついた。癖のようなため息だけれど、別になにが不調というわけでもなかった。朝から体調はよかったし、運良く降旗先生にも会えたのだから、気落ちをしているわけでもない。

(運良く?)

悪くはない、はずだ。拒絶はされたけど、それも、予想されていたことではあるし、このまま一度も会えず道を分かってもおかしくなかった。

運命の神様は意地が悪いなと、それだけは思う。諦めさせてもくれないし、きちんと報いをくれるわけでもない。努力をしたからって、テストの点数を上げるように夢を叶えてくれるわけでもない。

本と本の間の細い隙間にすんなりと本が入ると、心が安まる。

やれば、やっただけ。なにかをつくりあげる仕事は気持ちを楽にしてくれる。その点では、LBの管理者だって、向いていたのかもしれない。

(向いている、って、なんだろう)

それを誰が決めてくれるんだろう。血液型みたいに、生まれた時から決まっているわけでもないもの。

顔を上げれば、一面の背表紙。

はじめて見た時と同じように、壮観で、圧倒されるが、馴染《なじ》みがないかといえばそうでもない。こうした映像を、わたしはよく知っている、と千鳥さんは思った。

本が電子書籍に代わる中で、最後の名残《なごり》は、背表紙だった。

電子資料の中でも特にある程度のテキスト量になるものについては、こうした疑似背表紙を並べて表示させることを、書棚表示と俗に呼んでいる。

LB管理者試験にも、この書棚表示の有用性についての問題があったことを思い出す。

背表紙から得られる情報は、ともすれば表紙からよりも多い。

タイトルと、著者名。それから、分厚さ。そのデザインの統一性が表す、同一シリーズの書籍。そう、背表紙は、大量に並べられリスト化されることを前提とした機能を多く有しているのだ。

データにはタグがあり、リンクがある。かわりに、図書館の本にはこの、ラベルがある。

分類番号と呼ばれ、ジャンルごとに細かく分類されている。それを、サイズや、タイトル順などに分けていく。

それぞれの書棚に、色があり、空気がある。テーマパークの出し物のように。本の集合体であるこの図書館は、そんな、心躍らせる場所だった。

もっと、色んな人に知って欲しいし、味わって欲しいと、千鳥さんでさえ思うのだ。

ワルツさんがボランティアスタッフを、資格や条件を問わず広く募集している理由はまさにここにあるのかもしれないと思った。

ひとりでも多くの人の手に、本の質量を。

指先に、本が触れる。感触がある。指の腹をさわる。

かわいている、と思う。

千鳥さんはポケットからハンドクリームを取り出し、両手の甲に塗りつけた。ふわりとラベンダーに似た香りがたつ。

素肌に触れる紙の感触は、確かに指先の水分を吸い取るようだった。けれど、ハンドクリームを渡すなんて。改めて思い返すとすごいことだと千鳥さんは思う。

ワルツさんからもらったハンドクリームは、よくある既製品だった。普通ならば、書籍に異物の付着など許されることではないだろう。

(あんまり、本に愛情ないのかな)

まさか、と思う。特に根拠はないけれど。ワルツさんからは、愛情しか感じられなかった。

（本が、好きだから）

嘘じゃない。嘘ではないけれど。

好きなことを仕事にするって、どんなことだろうと、千鳥さんは思った。


閉館したあとのサエズリ図書館は、日中のぬくもりを残してがらんとしていた。ひとつひとつ電気を消して回ると、ワルツさんは出直してきた千鳥さんに、「こちらへどうぞ」と案内してくれる。

事務室の奥、ワルツさんとサトミさんしか使わない地下書庫への階段を降りると、千鳥さんはその一番奥、重い扉に閉ざされた、小さな部屋に案内された。

「千鳥さんは、作業室に来るのははじめてでしたっけ」

「は、はい」

もっと奥に、閲覧のみ許される特別な資料がある、とは聞いていた。そこに入るのだから、千鳥さんはとても緊張して背筋を伸ばしていたが、ワルツさんが安心させるように中へ導いてくれた。

「どうぞ。ちょっと、散らかっていますが」

まるで自分の家に招くような言い方で。そして、その中も、ひどく時代を感じさせる書斎のようだった。

「わぁ……」

古い木でつくられた本棚が天井まで続き、一目で戦前《B・P》のものだとわかる背表紙がずらりと並んでいる。

苦みのある薬草のようなにおいが一瞬鼻につくが、すぐに古い木と紙のにおいに馴染んで肌にとけた。

中でも千鳥さんの目を引いたのは古い机に載せられた、いくつかの道具だった。

「ワ、ワルツさんこれ」

本の、修復道具じゃないですか、と千鳥さん。触れようとして、その資格がないこともわかっていたから、手を引っ込めた。

「ええそうですよ」

と珈琲《コーヒー》をいれながらワルツさん。

「わたしは、応急処置くらいしか出来ませんけど。そうだ、千鳥さんにその心得があるんでしたら、是非とも修復の作業も手伝っていただきましょうか」

あまりに簡単にワルツさんが言うから、千鳥さんは狼狽《うろた》えてしまう。

「で、でも、わたし、ちゃんとやったこと、なくて」

「でも、これから、やりたいのでしょう?」

マグカップを両手にひとつずつ持って、楽しそうに言われてしまうと、千鳥さんは答える言葉を持たない。もちろん、そうさせてもらえるのだったら、願ってもないことだ。本に触れて、しかもそれを修復するなど、他の施設ではお金を払ってもさせてもらえないだろう。

自信は、ないけれど。そんなことも言っていられないと千鳥さんは気持ちを引き締めて、もう一度机の上を見た。すると、そこに、目新しいものがあって、千鳥さんは首を傾げた。

「これも……？」

四角い木の箱に、細い吸引具。こんな道具、あったっけ？　と思っていると、マグカップを置いたワルツさんが、

「ああ、それは、違います」

目を細めて、淡く笑って。

「それは、煙管《キセル》」

それだけを、ワルツさんは答えた。きせる、煙管、と理解するまでしばらくかかった。喫煙の習慣のある者は、千鳥さんの周囲でも滅多に見ない。研究室の奥の喫煙室に入る教授や大学生をたまに見かける程度だ。

積極的に有害物質を吸引すること。もちろん犯罪行為ではないけれど、ワルツさんのように心身ともに健康そのものの人には不似合いに感じられた。

けれどそれを指摘することも出来なくて、千鳥さんはワルツさんの顔を窺《うかが》いながらマグカップを受け取り、近くの椅子に腰を掛けた。

「降旗先生は、」

ワルツさんも本棚近くの踏み台に腰を掛けると、壁一面の本棚を背景にして、ゆっくりと語

り出す。

「もともと、父の友人だったと聞いています。といっても、学友とかでは、なかったみたいですが。わたしの父は長い間、本の蒐集《しゅうしゅう》につとめていましたから、そのご縁だったのでしょう」

父親、という言葉を千鳥さんは噛みしめた。

「本を通じて出会って、けれど仕事の理念でわかり合えなかった、と聞きました」

「仕事の、理念？」

「ええ、わたしの父は、もともと脳外科医をしていて」

そこでワルツさんは、慎重に言葉を選ぶように、視線をさまよわせた。

「当時の先進医療の中でも最先端の、人間の記憶回路《ネオメモリ》を生体コンピューターに置き換える手術を専門に行っていました。それを……頭にメスをいれて、脳を延命することはおかしいと対立したそうです。もうその頃は、降旗先生は多くのお弟子さんを解雇して、生きるためだけに修復をしていたんでしょう」

「ええっと……」

千鳥さんも頭をフル回転させて、ワルツさんの説明を脳裏でなぞる。そして話の腰を折らないように気をつけながら、どうしてもということを尋ねてみた。

「どうして、降旗先生がお弟子さんを解雇なさったのか、ワルツさんは知っていますか……？」

ワルツさんの返答は短かった。

「戦争《ピリオド》のせいだ、と聞いています」

その単純明快で、説得力のあるひと言に、千鳥さんは声を失った。ワルツさんは丁寧《ていねい》に言葉を重ねる。

「あのピリオドは、多くのものを変えました。人の心も、生き方も。それがどんな風であったのかは、他人が簡単に説明出来ることではないし、ご本人にしかわからないことなのでしょう」

千鳥さんは深く頷きながら、戦後《A・P》の生まれである自分を恥じた。もちろん、言ってもどうしようもないことであるし、人類の一番大きな転換期を乗り越えた先人の尊さを軽んじているわけではないけれど。

自分は、ピリオドを体験していないから。その気持ちに寄り添えないんじゃないだろうかと思ったのだ。

(寄り添う?)

寄り添って、どうするのだろうと自問する。どうするのかは、わからないけれど。それでも知りたいのだと答えを出す。

あの人のことを。白髪に包まれた頭の中から、皺の刻まれた指先に至るまで、すべて。

「お父様とは、和解されたんですか?」

今サエズリ図書館に通っているのはそういうことなのじゃないかと千鳥さんは思ったけれど、

「いいえ」とワルツさんは首を横に振る。振ってから、少しだけ、考え込み。

「いいえ、結局はそうはならなかった……と思います。でも、少しも理解し合えなかった、とも思えません」

そこでワルツさんは立ちあがると、部屋の壁のモニタに触れる。ゴウン、と重たい音が遠くでして、空調が回り始めるのがわかった。

それからワルツさんは机の上の煙草盆《たばこぼん》を引き寄せ、煙管を手に取ると千鳥さんの反応を窺うように問いかけた。

「少しだけ、いいでしょうか？」

一瞬、なにを聞かれたのかわからなかった。わからなかったくせに、反射的に、「あ、はい！」と答えて、ワルツさんがなんの許可をとったのか気づいたのは、煙管に煙草の葉を詰める仕草を見てからだった。

不快感は覚えなかったけれど、驚きはあった。本物の煙草だったんだ、という驚きでもあったし、ワルツさんが吸うのだという驚きでもあった。

似合わないだろうと思ったけれど、鈍色《にびいろ》をした吸い口がワルツさんの口元に運ばれると、不思議と少し艶《つや》めいた、気だるげな安堵《あんど》がただようようだった。

部屋には苦みのある煙が薄くのぼった。

それらの行為、あるいは味、においがワルツさんにとってなんらかのスイッチとなっていることは明らかだった。

煙を吸い込みきらないように浅い呼吸をして、意を決したようにワルツさんが話し出す。

「父が死んだのはわたしがまだ十代も半ばの時です。わたしは大好きだった父の死をすぐには受け止めきれませんでした。位牌《いはい》を抱いて書斎の名残があるこの部屋にこもって、思い出にひたり、それこそずうっと、本だけを読んで生きたかった」

彼女がつとめて、客観的に話をしようと思っていることは千鳥さんにも察することが出来た。ポーズを保ち、他人事《ひとごと》のように。けれど、それをやりきれない、ということも同時にわかった。

ワルツさんは少し目を伏せて、千鳥さんとは目を合わせずに言う。

「読んだ本が、少しでも、磨耗《まもう》し朽ちていくのが耐えられませんでした。これ以上失ってしまうくらいなら、全部、燃やしてしまいたいとさえ思った」

パパが灰になったように、と小さな声で呟いた。その言葉が、助けを求めるワルツさんの声を思い出させた。

(助けて、パパ)

何度そう、叫んだのだろう。何度そう叫びたかったことだろう。

「そんなわたしを、それからこのサエズリ図書館を支えてくださったのは、父のかつての患者さんや、知己《ちき》の方々でした」

そこでようやく、ワルツさんは顔を上げて、淡く千鳥さんに笑いかける。

「降旗先生も、そのひとり」

そう語るワルツさんの瞳は、やわらかく揺れている。

「今でも忘れられません。この図書館にやってきた降旗先生はひどく怒っていらっしゃいました。多分、父が生前になにも言わず、死後に送付されるメールを用意していたのでしょう。その不義理を、心から恨んでいるようでした。それでも、先生はパパの遺志を継いで、その前から傷みのあった本をすべて引き取り、わたしに言ったのです」

千鳥さんは、その姿を想像する。きっとほんの少しも及ばないだろうけれど。先生のこと。そして、ワルツさんのことを。

「――命の限り、この図書館の本は自分が修理する、と」

命の限り、という言葉が、千鳥さんの胸に重くのしかかってきた。

本には永遠がない。データにだって永遠はない。そしてもちろん、人間にも永遠がない。

今残された寿命が一番短いのはどれかだなんて、考えるまでもないだろう。

「降旗先生にそう言われた時に、わたしは大切なことを忘れていたのかもしれないと気づきました」

あれほど言われていたのに、という言葉と、それに続く呟きは、千鳥さんには理解することが出来なかった。

「大切な、アレクサンドリアのこと」

それは一体なにかと、問えば教えてくれただろう。けれど、ワルツさんは、自分の中のもっと大切な思い出を磨《みが》くような様子でもあったから。余計なことは言うまいと、口をつぐんだ。

「本は、読まれてこそ、愛されてこそ、本です」

そしてワルツさんはコツン、と灰を煙草盆に落とすと、再び煙管に口をつけることはせずに、ふっきれたように千鳥さんに笑いかける。

「命の限り、と降旗先生はおっしゃったけれども。サエズリ図書館といたしましては、是非ともその技術をのぞむ方にお伝え願いたいと思っています。もちろん、修復業務は道具や素材を集めるだけでもとても難しいですから、無理強いは出来ませんが」

そのために、お手伝いをしますよ、とワルツさんは言ってくれた。それは願ってもないこと、とても嬉しいことだと千鳥さんも思ったけれど。

うまくいきすぎているからこそ、迷いがあった。空《から》になったマグカップをぎゅっと握って、その底を見つめながら、千鳥さんは正直に言う。

「まだ、迷っているんです」

今更、恥ずかしいことだとは思うけど。

「やりたいって気持ちはあって、今も、それにすがって、ハードルがあったら越えたい、と思ってはいるんですけど」

どうせなにも出来ないのだ、という気持ちが、千鳥さんの胸の底にわだかまっていて、マグカップの中身のように綺麗に飲み干されてはくれない。

生きにくい身体で。

面倒な心で。

しぼり出すように千鳥さんが言う。

「本当に、それでいいのか……」

勉強しか出来なかったのに。勉強さえ、出来てもなににもなれなかったのに。

「先生を納得させられるんでしょうか。わたし自身も、ちゃんと納得していないのに……」

ワルツさんに吐くべき弱音でもないと思ったし、心の隅では、こんな気持ちはきっとワルツさんにはわからない、とも思った。

ワルツさんにはわからない。こんな風に、天職ともいえる仕事に、全身全霊をささげられる人に。

こんな迷いはわからないだろうと、少しだけひねくれた気持ちでいたけれど。やっぱりワルツさんは綺麗に微笑《ほほえ》んで。

「じゃあ、それも、考えていきましょう」

迷う人がみな、正しい道を見つけられるんじゃないかと錯覚してしまうような、他人を安心させる声で言う。

「本を読みながら。この図書館で」

相談相手としては、これ以上ないものですよ、とワルツさんはそれこそ、信頼しきった顔で告げた。本当に信じているんだな、と千鳥さんは思った。

誰のことでもない、本のことを信じているのだ。

多分、ワルツさんを苦しめ傷つけたのは本で、そして同時に彼女を癒して生かしたのも本なのだろうと千鳥さんは思う。どこまでも推測に過ぎないけれど。

「千鳥さんは今まで通り図書館においでくださいね。無理のない範囲で、書架整理もお願いしますけれど、図書修復の仕事も手伝っていただきましょう。わたしからもわかることは教えますが、降旗先生がいらっしゃれば、色々教えてもらいましょう」

わたしに教えてくれたのですから、それは弟子を取るということにはならないはずですよ、と、今はただ美しく笑う素敵な図書館の司書さんは、最後まで千鳥さんに親身になってくれた。

「ワルツさんには、教えてくれたんですね」

ふと千鳥さんの心に、少し濁《にご》りのある気持ちが浮かぶ。けれどワルツさんはその濁りには気づかずに、「ええ」と慈《いつく》しむような、愛おしむような表情をした。

そしてその表情を見ると、仕方がないのかもしれないなと千鳥さんは、心の底から思うのだった。

仕方がないのかもしれない。彼女はあんまりに、自分と違いすぎるから。

「長く、呼び止めてしまいましたね」

そしてお茶をいただいたことに礼を言い、作業室をあとにしようとする千鳥さんを、ワルツさんは館の外まで送ってくれた。

そこに至るまで、迷ったけれど聞けずにいたひとつのことを、千鳥さんは結局最後に聞いた。

「あの、立ち入ったことを聞いてすみません。ワルツさんの、お母様は……」

あまりに濃厚な「父」の気配に比べて、ずっと、その存在感が希薄だったから。なにか理由があってのことだろうと、尋ねてみれば。

「ああ、わたしは孤児です」

さらりと告げられた言葉が千鳥さんの胸を打ったが。ワルツさんはそれこそ、本当に美しく笑って、なんでもないことのように、そして、大切なことのように、言った。

「だから、父にはわたしだけ。わたしには、父だけなんですよ」

その言葉に、千鳥さんはなにも言えず、視線を泳がせた。予期せぬ言葉で、なにも、気持ちも言葉も間に合わない気がした。別れを告げるのも不自然で戸惑っていると、

「あら」

ワルツさんの視線が、千鳥さんの肩越し、背中に投げられた。

「タンゴくん」

千鳥さんが、振り返る。背後、少し距離をあけて、駐輪場にいたのは、サエズリ図書館の年若い警備員、タンゴくんだった。

千鳥さんはまばたきをする。いつものきっちりとした警備員服と違って、真っ黒のライダースーツで指先まで隠して、そのくせ乱暴に色を抜いた髪や、口や耳のピアスがさらけ出されていて、千鳥さんは怖《お》じ気《け》づくような気持ちになった。

警備員のタンゴくんとは話したことはない。タンゴくんという名前も、ワルツさんから最初に紹介されただけだ。

目が合っても会釈をするだけだから、正直に言えば愛想のない男の子だと思っていた。

ワルツさんは近づくと、躊躇《ためら》わずに話しかける。

「こんな時間まで、どうして?」

タンゴくんは目を泳がせた。その、言葉を探す仕草に、今の千鳥さんの戸惑いが重なったから、もしかしたら彼は今の会話を聞いていたのかもしれないと思った。確信は、ないけれど。

「今日帰っても飯ないんで。飯、食ってて」

かすれた、通りの悪い声がぼそぼそとそんなことを言った。ワルツさんは自身の腰に両手をあてると。

「あんまりファストフードばっかり食べてると、身体を悪くするわよ」

とまるで、心配性な母親のようなことを言った。

「……身体、悪く」

タンゴくんはそれだけ言って、肩をすくめるような仕草をした。呆れが外まで表れたような、斜《しゃ》に構えた仕草だった。

やっぱり、苦手だなと千鳥さんは思う。最初に会った時も、睨まれたような気がしたし。それが目つきが悪いからだということくらいは、今はもうわかっているけれど。

ワルツさんにこんな風に言う人は、みんな嫌いだと思う。

けれど当のワルツさんは、態度を気に掛ける様子もなく、

「あ、そうだ。もうこんな時間だし、もしよかったら、駅まで千鳥さんを送っていってはくれないかしら?」

そんなことをさらりと言った。

え! と千鳥さんが慌てた。嫌です、困りますと主張したいが、なんと言っていいのかわからず唇をわななかせる。けれど、ワルツさんには届かない。タンゴくんの方も、眉間に皺を寄せて、なにを言っているのかわからない、という空気をにじませた。ワルツさんは首を傾げて、

凍った空気を意に介さずに言う。

「タンゴくんのバイク、後ろも乗れるんでしょう?」

「冗談」

タンゴくんがきっぱりと、そう答えた。失礼なほど強い、NOだった。同じ気持ちであったにもかかわらず、千鳥さんは少々、ではなくショックを受けた。

いや、乗せて欲しかったわけではないけれど。そんなのは、願い下げなんだけれど!

なにも、そんな言い方しなくても。ワルツさんだって、ショックを受けるだろうに……。

そんな気の使い方をしていた千鳥さんを、タンゴくんはちょっと身体を斜めにして覗くと。

「アンタ、そんな格好じゃ、寒いしょや」

とやはり目つきの悪い目を細めて言った。

え、と思った。千鳥さんは、コートは着ていたけれど、下はスカートに編み上げたショートブーツだった。

タイツは厚手のものを穿《は》いているけれど、確かに、まだ霜《しも》は降りていないとはいえ、息も白いこの季節に、バイクは乗れそうになかった。ワルツさんも言われてはじめてそれに思い当ったのか、ぽんと手を打って。

「あ、そうね。ごめんね、じゃあ」

よろしくね、と言う。意味がわからず、千鳥さんはワルツさんとタンゴくんを交互に見て助け船を求める。けれど、タンゴくんはさっさとバイクに向き直り、エンジンをかけずに手で押しはじめた。

その時になって、歩いて送ってくれるのだ、ということに気づいて、申し訳なさに一瞬で耳まで熱くなる。

確かに、さえずり町は静かな町だから、人気《ひとけ》がなくて不安に思うような道はあるけれど、いつも通っているし、端末には防犯機能もついているし、迷子になるような子供では、ないし。

でも。

「気をつけて」

ワルツさんがそんな風に優しい笑顔で、送り出してくれるから。断る機会を、逸してしまった。そして、最後の最後、ワルツさんは、千鳥さんの、少し角張った鞄に目をやって。

「よい読書を」

そうして彼女が手を振るのは、彼女の図書館の警備員とボランティア、それから……彼女の本に対してなのかもしれなかった。


サエズリ図書館を出て、小走りでタンゴくんに追いついたけれど、並ぶことは躊躇われて、二歩半ほど、間をあけて歩く。

街灯の明かりがぽつぽつと白く足下を照らしていた。

「あの、すみません、なんか」

言ってから、でも、自分が謝るのもなにか違うな、と思う。頼んだわけでもないし……とこんな時に社交辞令を言えないのが、千鳥さんの悪いところだという自覚はある。

歩いても十五分か二十分の距離だ。なにか喋《しゃべ》った方がいいのだろうかと、言葉を探す。

「タンゴ……さんって、長いんですか、図書館」

「……ぃや」

白い息とも呻《うめ》きともつかないような返事が、それだけ。

また沈黙が落ちる。千鳥さんはひとりで帰るよりもなんだかずっと心細い気持ちになって、頬の内側を噛んだ。

ほんの十五分、二十分くらいの時間が、一時間くらいに感じられた。駅のクラシカルなランタンが見えてきて、ようやくほっと、息をついた。もういいです、と言おうとして。

「……孤児って」

突然ぽつんと降ってきた言葉に、タンゴくんを振り返る。タンゴくんは、ヘルメットのベルトを顎にひっかけて、夜空を見上げながらため息をついた。

「簡単に言われても、困るよな」

ワルツさんのことだとわかるまで数拍要した。千鳥さん達の会話を聞いての言葉なのか、それとも以前から思っていたことなのかはわからなかったけど、とにかくうん、と頷いた。

戦災孤児と、呼ばれる人がいる。壊滅した都市部《シティ》に生まれた子供。親を亡くしたり、捨てられたり、満足な教育を受けられなかったり、いわれのない差別を受けたり……。幸せに育てられた自分には、わからないような大変なことなのだろうと千鳥さんは思う。だから、突然、簡単に言われても、困る。ワルツさんを責めるわけではないし、こう思うことさえ、ひどいことかもしれないけれど。

「おつかれ」

会話は早々に打ち切られ、千鳥さんがもういいですと言う間もなく、タンゴくんがヘルメットをかぶってしまう。

「ありがとうございました……！」

それだけ言うのが精一杯で、タンゴくんの背中はすぐに離れていってしまう。

あとには薄い排ガスのにおいと、冬の冷たさだけが残る。

愛想のない、若くて、少し怖い、図書館の警備員さんも。

あの穏やかなワルツさんに、困ったり、するのだ。

もう少し、なにか話せたらよかったのにと、千鳥さんは自分のふがいなさを恥じた。

その日の夜、やはり夜中に起きた千鳥さんは、布団の枕元の灯りをつけて、サエズリ図書館から借りてきた歴史小説をたぐった。

戦後《A.P》に編纂《へんさん》された全集のうちの一冊で、一度端末で読もうとし、挫折《ざせつ》した小説だった。

千鳥さんは歴史小説を読むことが苦手だった。そこに書いてあるのが史実であるのか、それとも創作であるのかどうしても気になって、リンクされた歴史資料を追ううちに、物語を追うことを忘れて脳が疲れてしまうのだった。現在頒布《はんぷ》されている電子書籍はほとんどがDBと直結しているため、単語の意味から書かれた時代の背景、関連書籍まで一度にチェックすることが出来る。もちろんそれは便利であるし、公平さと正しさを求める学術にはなおさら欠かせないことであるのだけれど。

白く重い全集で文字を追うと、そういう関連知識とリンクされないかわりに、物語に集中し、映画に入り込むように、いやそれよりもっと世界に没頭出来ると感じた。

一度は挫折したお話だというのに、こんなにも面白かっただろうかと感心するほどだった。まっさらな紙に、置かれる文字だけがこの世界だ。

そこに広がるのは端末よりももっと少ない情報だ。なのに、色合いが鮮やかだ。

（鮮やか？）

思ってから、それも違う、と千鳥さんは思う。この世界の色は、もっとくすんでいる。幕末の時代。武士という職業があった時代のくすみ、を感じた。

そこで、歴史に残る人は、歴史に残らぬ人とともに、必死になって生きていた。創作かもしれないけれど。

「歴史学を好きな人はロマンチストだ」と言われたことがある。そう千鳥さんに言ったのは、理学部に通う友人だ。

他人の一生に、興味があるひとばかりだから、とそんな理由だった。

千鳥さんはその時、自分は違うと言いたかったけれど、確かにここには、浪漫《ロマン》があるのかもしれないと今なら思えた。

明け方、最後まで読み終えて。終わりの一行を、何度も何度も目でなぞり、本を閉じてその背を額に押しつけて目をつむる。何百ページにも亙《わた》る大作を読み切ることは大儀であったけれども、不思議と疲れはなかった。

情報とは、未来へのエネルギーである、という言葉を思い出す。けれど、歴史はやはり、人間がつくったものだと千鳥さんは思った。

エネルギーが動かすのはひとであり、エネルギーを動かすのも、ひとだろう。

それが仕事なら、仕事にだって、浪漫はある。

（そんな話を、出来たらよかった）

なにも話せなかった面接のことを、今更ながら思い出す。そうしたことを言えたらよかった。

未来のことについて。やりたいことについて。

面接官のご機嫌取りとか、テンプレのやりとりとか、常套句じゃなくて。落ちてもいいなら、未来のことを言ってみて、なんて返されるのか聞きたかった。否定されてもよかった。

わたしのことを、わかって欲しかった。

若者の絵空事と思われるかもしれない。それでも。黙っているよりよかっただろうに。

今更、とても今更のことだ。言えなかった言葉を見つけると、それに押しつぶされそうになる。情けなくて、心細くて、夜がおそろしく感じられる。けれど今は、それだけでもないだろう。

講義まで、少し寝ようと、布団に潜り込む。

小さな子供のように、浪漫の詰まった、本を抱いて。


「で、出来ません！」

サエズリ図書館事務室隣の小さな会議室、その長机に様々な道具を置いて、千鳥さんは泣きそうになりながらワルツさんに言った。いつも通り、セーターの上にボランティアスタッフのエプロンをつけている。

「絶対無理です！」

「無理と言われましてもねぇ」

隣に立つワルツさんは飄々《ひょうひょう》としている。千鳥さんは小さくなって、怯えて言う。

「だって、本を裂くなんて、そんな」

広げられていたのは、一冊の本だった。戦前《B.P》のものだろう。経年劣化からか、本のノドの部分で本文と表紙が剝《は》がれてしまい、首の皮一枚でつながっている。

「でもだって、このままだと、もっと壊れてしまいますよ」

まぁ、よくあることです、とワルツさんはあくまでも簡単に言う。

「丁寧にやれば大丈夫ですよ」

えい、とワルツさんが軽く両手に力を込めると、思い切りよい音がして、本と表紙が引き裂かれた。

ごくりと千鳥さんの喉が鳴る。

「こ、こわい……」

高価なものだとわかっているからこそ、千鳥さんはそんな風に気安くさわれないと思った。

ワルツさんは、笑う。

「こわくないですよ」

長い指で、ちぎった部分に触れると、しみじみと言う。

「そうですね、わたしが怖くないのは」

傷んでしまった本の、その傷みさえ愛おしむようだった。

「これが、わたしのものだからかもしれませんね」

テーブルには鋏《はさみ》やカッター、それから千鳥さんがさわったことのないような糊《のり》や紙が並べられている。それらはすべて、ワルツさんが作業室から持ってきたものだった。

そして、ワルツさんは本に刃を立てることが怖くない理由を、こんな風に言った。

「人に刃を立てるより、自分に刃を立てる方が楽でしょう」

まるで当然のようにそう言ったけれど、千鳥さんはすぐに頷くことは出来なかった。

(それは、違うと思う)

顔色を窺いながら、心の中だけで思う。自分に刃を立てるより、人に刃を立てる方が楽な人もいるはずだ。ワルツさんが、そういう、生き方なだけであって。

ワルツさんは淡々と続ける。

「でも、ほら。お医者さんは、患者さんを治すためだったら人の身体にも刃を立てなきゃいけない。そういうことなんだと思います」

どうぞ、とワルツさんが剝がれた中身と表紙を千鳥さんに覗かせた。引きちぎられてしまった本の背表紙は、ざらつく紙に糸くずが覗いている。DBで調べた本の構造通りだと、千鳥さんがしみじみ眺めていると、ワルツさんの持つ端末が軽く震える音がした。

「あら」

現在図書館は開館中だ。ワルツさんに、行ってきてくださいと言おうとした千鳥さんだが、ワルツさんはなにかを待つような気配だった。

やがて、硬いかかとが床を叩く、小刻みな音がして、会議室の扉が開く。

「まだいるのか」

現れたのは降旗先生だった。千鳥さんの背がぴっと伸びる。降旗先生はいつも通り、形のいい服に粋《いき》なスカーフを巻いて、片方の目にはグラズをつけている。そしてじろりとワルツさん、それから千鳥さんの手元を睨んで言った。

「なにをしてる」

「本の補修ですよ」

とワルツさんが笑顔で答えた。

ふん、と降旗先生は鼻を鳴らすと、長机に鞄を置き、開く。

「これを」

まず出された本には見覚えがあった。ワルツさんと千鳥さんが督促《とくそく》に向かった、犬にかじられてしまった本だった。

四隅がほとんど食いちぎられていたはずの本はすっかり綺麗になっていて、傷む前を知らない千鳥さんは新品とすり替えたと言われてもわからなかっただろう。

ワルツさんは本の確認をすると、千鳥さんに渡してくれた。丁寧にゆっくり見返すが、やはり修復痕《あと》は見つからない。

「それから、これを確認してくれ。……前に、あんたが都市から持ち帰ったと言っていた本だ」

もうひとつ、降旗先生が取り出したのは、一冊の本だった。

都市、と耳にし、千鳥さんは興味を引かれた。

今は瓦礫《がれき》しか残らないと言われる、あの場所に、本なんてあるのだろうか？

そこにあったのは犬にかじられた児童書のような本ではない。シンプルな表紙に書かれていたのは会社名のような文字列だ。ワルツさんは黙ってその書籍を受け取ると、しばらく見つめて、ぽつりと言った。

「直りましたか」

その呟きに対して、直せない本はない、とは降旗先生は言わなかった。

「直した、と言っていいのかはわからんがな」

肩をすくめて、口をへの字に曲げて。

「ほとんど、つくり直したようなもんだ」

本文データを印刷してもらった分だけ時間がかかった、と低い声で言えば、ワルツさんは

「急いでいたわけではありませんから」と本を開き、手のひらでなぞって言った。

その、慈しみの深い仕草に、降旗先生は顔の皺を深く深くして。

「データがあってよかったな」

と吐き捨てるように言った。ええ、とワルツさんが頷く。

「この本が、また」

ゆっくりと手のひらで、表紙をなぞって。

「この形を取り戻せてよかったです」

その静かな会話を、千鳥さんは同じ部屋にいるのに、遠くから、映画を見るように見つめた。

「本文データの印字代も含めて、請求書はまとめて送っておいてくださいね。――ところで、先生」

今、お時間はありますか？　とワルツさん。降旗先生は糸で引くように白い眉をくいっと上げると、

「老いぼれにお時間などない！」

と一声告げる。ワルツさんはくすくす笑い、

「そんなにお元気でしたら大丈夫ですね。今千鳥さんに本の補修を教えていたのですが、カウ

ンターに呼ばれてしまって。よかったら、少しだけでも降旗先生が見てくださいませんか？」

その言葉に千鳥さんが驚いてワルツさんの顔をまじまじと見つめるが、降旗先生はその言葉を半ば予想していたのだろう。辟易《へきえき》としたため息をついた。

「アンタは年々、『お願い』だけは上手になるな」

嫌味のように言えば、ワルツさんは嬉しそうに笑う。

「先生が、なんでも聞いてくださるからです」

その横顔は、千鳥さんから見ても美しかったし、やわらかかった。千鳥さんは思いも寄らない展開に狼狽《うろた》えてしまって、握った手のひらに汗をかいてしまう。

言われた降旗先生は厳しい顔を崩さなかったけれど、それでもやはり、なにかを誤魔化すように。

「ギショウと一緒にするな」

答えを聞かずに吐き捨てた。そのことに千鳥さんはやはり落ち着かず、なにかを言いかけ、けれどやっぱり、言うべき言葉を見つけられなかった。

降旗先生は決して乗り気には見えなかったけれども、ワルツさんの言う通り、『お願い』を呑んだ。

「こんなもんに時間をかけてはおれん！　とっとと片付けて勝手に帰らせてもらうぞ」

「はい。是非、図書館の本も見ていってくださいね」

ワルツさんは、聞いているのかいないのかよくわからない返事をして。「それでは、よい読書を」と言い残し、本を抱いて会議室をあとにした。

残された千鳥さんは、熱っぽい手のひらとは裏腹に喉がからからに渇いて、上手《うま》く言葉が出ないと感じた。けれど、いつも感じるような、目眩《めまい》や息苦しさとは違うとも思った。

硬直している千鳥さんとは対照的に、降旗先生は迷いのない足取りでつかつかと長机まで来ると、さっと表紙と本体のつながっていた部分をなでた。

「寒冷紗《かんれいしゃ》が切れたか。ちぎったのは唯《ユイ》だな」

カンレイシャ、という言葉が千鳥さんの脳裏をよぎり、DBで見た、寒冷紗、の文字があとからついてきた。そしてそれから、もっと遅れて、唯、という名前がワルツさんのものであることに気づき、千鳥さんは自分でも驚くほどに狼狽えてしまった。

ワルツさん、のことを、そんな風に言う人がいるだなんて思ってもいなかった。

そんな風に言われたら、あの綺麗な、優しく立派な図書館司書さんが、普通のひとりの女の子のようだと千鳥さんは思う。

けれどそんな千鳥さんの狼狽《ろうばい》など降旗先生は顧《かえり》みもせず、片方の目につけたソロスコープを操作し丹念に本を見た。

「ジョイントに破損はない……まぁ補強はいらんだろう」

千鳥さんは手を組み合わせて、隣からそわそわと覗き込む。

「お、教えて、くれないんですか……」

「教えることなどないわ！」

降旗先生の言葉はどこまでも荒く、乱暴だったが、なぜか心は傷つかなかった。それよりも、こうして降旗先生の手仕事を間近で見られることが嬉しくて、ついつい色んな質問をしてしまう。

この紙は。

この道具は。

このやり方は、どうしたら。

そのたびに降旗先生は鬱陶《うっとう》しそうに顔を曲げて、けれど質問に対しては簡潔に答えをくれた。条件反射のように。

間違ったことを正さずにはいられないようだった。そして、正しいことを、より正しくしなければ気が済まない。

それが、本の補修そのものでもあるのだろう。

降旗さんは、ワルツさんの補修したとある本の背表紙を睨み付けると、小さくうなるように言った。

「このままだと遠からず剝《は》がれる」

そして本から手を離すと、顎に手をあてたまま、ぐるぐると机の周りを歩き回りはじめた。

千鳥さんは修復途中になった本をじっと見て待った。待った、という意識もなかった。降旗先生が思考に没頭したように、千鳥さんもその手仕事を脳に刻みつけることに没頭したのだった。

息が詰まるような沈黙が落ちた。管理された空調の中で、今が夏なのか冬なのかもわからなくなる。あの、はじめてあった日のように。

やがて降旗先生が一枚の和紙を大きく広げ、そこに型を取ろうとした。くるりと丸まりそうになった紙の端を、自然と千鳥さんの手が押さえた。

千鳥さんにとっては無意識の行為であり、降旗先生もまた、その行為をしばし知覚しなかったように思える。

今は高価な道具となった鉛筆で、ざっと背表紙の型を取ると、降旗先生はようやく止めていた息を吐き、額にかすかな汗をにじませて、自分の胸をとんとんと、苦しげに叩いた。

「先生?」

その行動に、千鳥さんがそっと声をかければ、「なんでもない」とやはり反射のように降旗先生が答え、そこにきてようやく、千鳥さんが紙を押さえていることに気づいて眉をはね上げた。

瞬間かわった鋭い空気に、千鳥さんが青くなり、手を離す。降旗先生がなにかを言おうとして、けれど言葉にせず、深い深い、ため息をついた。

それで、今の行為はなかったことにしてくれたようだった。

「見てもわからんだろう」

目をそらし、嫌味のように降旗先生が言う。

「でも、動画とは違います」

悪あがきのように、千鳥さんが答える。その会話の間も降旗先生の手は鮮やかに、複数冊の補修を同時にこなしていく。

やがてそれぞれの本が乾燥などの待ちの時間に入り、降旗先生はため息をついた。

「待ち時間を飛ばせないだけ、動画よりも無駄が多い」

そう言ったけれど、千鳥さんにとっては、待ち時間だって無駄などでありはしない。むしろ、この時間こそが有意義だった。

なにを聞こう、なにを話そう。もっと仲を深めるようなことを言いたかった。降旗先生のことを聞こうとしても、答えてもらえそうになかったから。

「義昭さんって、どんな人だったんですか？」

千鳥さんは唐突に、そう尋ねた。

降旗先生の眉が片方だけはね、口を曲げる。それは、言いたくないというよりも、ふさわしい言葉を探すようであった。

頭の中だけで、千鳥さんは知識をたどる。

――DBに残された、割津義昭という人のこと。

脳外科医。先進医療第一人者。人間の脳みそにメスをいれて、記憶回路《ネオメモリ》と呼ばれる生体コンピューターを移植。主に高齢者の、認知症や脳障害に劇的な効果をもたらしたという。その医療費は高額にして、異質。金銭だけではなく、蔵書でも支払うことが出来た……。

そう、彼は、有名な書痴であったとDBにはあった。

サエズリ図書館の運営は、ワルツ教授の生前の縁故による寄付、そしてまだデータ化されていない紙の書籍のデータ運用によって行われているそうだ。

彼の輝かしい功績と、本にまつわるエピソードはいくつもあるのに、家族については、どれだけ調べても出てはこなかった。

「どうもこうも」

降旗先生が重い口を開く。

「あれは、変態だ」

驚き目を丸くする千鳥さんに追い打ちをかけるように、大きな声で降旗先生は一声告げる。

「変質者だ！」

ばん、と両手が長机を打って、千鳥さんの肩が跳ねた。降旗先生は続ける。

「本に魂を取られた。そのことは一切構わん。狂いたいものは存分に狂えばよろしい」

激昂《げっこう》に任せて言葉を吐き、目を細めるけれど、どこを見るというわけでもない。置いてきた過去を見るようにして、しぼり出す。

「ただ、わたしはあの男に我慢がならんかった。執着についてではない、その、仕事についてだ。本の蒐集を果たすためにあやつが売った、己の技術のことだ」

早口で言われる、それは悔恨ではないようだった。過ぎてきた日に対して、間違っていたとも思ってはいないようだ。ただ、本の乾く間だけ、過去に思いを馳《は》せて、言い残すようだった。

「わたしはギショウの『仕事』が気にくわなかった。金にものを言わせた悪戯《いたずら》な延命が、人を幸福にするとは思わんからだ」

指紋の消えた長い指の両手が虚空を摑もうとする。千鳥さんはその言い草に、眉を寄せる。

「未来のないものはとっとと死ぬべきだ。この年になっても。この年になったからこそ！　わたしは思う。金のあるものだけが出来る無理矢理な延命はおかしいと」

それは前振りなくはじまった、生と死の話だった。千鳥さんは戸惑い、黙って受け止めた。

「だから道を分かった」

その結論に、なにか言葉をかけようとするも、やはり遮《さえぎ》ったのは降旗先生だった。

「だが！」

振り返り、言う。

「あの男は唯を残した。いけしゃあしゃあと、あとを頼むと、無責任なことを言って」

もしかしたら降旗先生は故人であるワルツ教授を、未だに許していないのかもしれないし、認めてもいないのかもしれない。

別々の道は、交わらならなかったのかもしれない。

けれど、遺志は、継いだのかもしれない。千鳥さんはそう思った。

「……任されたのに」

千鳥さんは目を伏せて、ぽつりと言っていた。

「命の限りと言ったのに、機械とプログラムに、押しつけるんですか」

降旗先生の技術をプログラム化し、修復機をつくるとは、そういうことではないのか。まるで嫌味のような千鳥さんの言葉に、降旗先生の眉が跳ねる。

「……千鳥くん、君はな」

そこで、浅いため息。呆れたような、諦めたような。

「なにか勘違いしているのかもしらんが。わたしは修復機に任せるから弟子を取らんわけではない。それとこれとは別の話だ。確かにそういう会社の人間は周囲を出入りしているが、先進時代においてもつくれなかった、完璧な修復機が今の技術水準で出来るとも思えん。……それでも、機械仕掛けにしたいのならばすればいい」

企業の人間達には勝手にしろと答えたし、その成功と収支にも興味はない、と降旗先生は言い切った。

「本はもういいのだ」

千鳥さんは目を細める。

「……先生が、弟子を取らないのは」

どうしてですか、ともう一度千鳥さんが尋ねる。修復機が関係ないというのなら、一体どんな理由があるのか。間髪《かんはつ》をいれず、降旗先生は言った。

「未来がないからだ」

本には未来がない。

だから、図書の修復には、未来がないと。はじめて会った時に同じことを言われていたら、きっと否定は出来なかっただろうと千鳥さんは思った。でも、今は違う。

「この図書館にも、未来がないとおっしゃいますか?」

そんな言い方を、冬の明るい日差しが入るサエズリ図書館でするのはあまりにずるかった。

降旗先生は手を止めて、肩を落とし、言う。

「データさえあればいいのだ、人には」

はじめて見せる、老人らしい、弱々しくかすれた声だった。千鳥さんは、思い出す。明け方に読んだ本のこと。その重み。におい。その本が与えてくれた心地よい時間のこと。

それから、降旗先生の鮮やかな手元を思い出す。魔法のように、新しいものをつくりだすように、本を直した、彼の手仕事を。あんなことが出来るのに。あそこまで、見事な仕事が出来るのに。

「じゃあなんで」

千鳥さんの顔が歪み、声が震える。データがあればいい、なんて。そんなことを思っているのなら。

「じゃあなんで、本の、修復なんて」

続けるんですか、と言えば。降旗先生が振り返る。真っ直ぐに見られて、千鳥さんが緊張する。

降旗先生は吐き捨てる。

「それしか出来んからだ！」

二人しかいない会議室に、怒声が響いた。

「働かなければ、生きてはいけぬ！　わたしにはこれしかなかった！」

傲慢《ごうまん》ともとれる言い方だった。これしかない、というほど、ちっぽけなものではなかったはずだ。降旗先生には才能があった。時代もそれを求めていた。……ピリオド、までは。

「今はもう、金などいらん！　老いぼれひとりなら生き恥を晒《さら》さぬ程度に生きて死のう」

彼にはもう、死ぬまでの蓄えもあったことだろう。ピリオドに絶望したのなら、仕事を手放してもよかったはずだった。

「だが」

首に巻いたスカーフで、口元を埋めるように肩をすくめ、目をそらして降旗先生は言う。

「これしかやってこなかった。この仕事しか出来ん」

目を伏せて、静かに。人生のうちの半分以上を、その指先で生きてきた彼は言う。

「どれほど虚しくても」

背負った業《ごう》を、諦めるように。

「生きることは働くことではないか。違うかね」

その言葉に、千鳥さんは目を細めて、唇を噛みながら言った。

「……違わない、と思います」

生きることは働くこと。その苛烈《かれつ》な言葉を、肯定した。実感としては、出来なかったかもしれないけれど。肯定をしたい、と思った。

「わたしもそういう風に、働きたいです」

震えた声でそう言った。どんな面接試験でも、こんな風に切実に、祈るみたいに、願うみたいに、言ったことはなかった。

けれど、降旗先生は、どんな面接官よりも厳しかった。

「よそをあたりなさい」

寒冷紗に糊を塗り込みながら降旗先生は続ける。

「LBの管理職になろうとしていたんだろう。そっちのほうが、よっぽどいい」

千鳥さんは眉を寄せる。落ちてしまったあんな試験に、未練なんてもちろんなかったけれど、それでも。

出会わせてくれたと、思っている。

自分の仕事とは、本とは、対極にあたるLB管理者を、降旗先生は重ねてすすめてきた。

「未来に残る。世界のためになる」

繰り返す。呪文のように。

「データがあればいい」

まただ、と千鳥さんは思う。またじゃないか。多分、降旗先生には傷があるのだろう。大きな傷だ。その傷を迎え撃つだけの経験は、千鳥さんにはない。だから、ずるい言葉を使った。

「ワルツさんは、そうは言わないと思います」

データさえあればいいなんて。そんなこと。ワルツさんの名前を聞いて、露骨に降旗先生は顔をしかめた。つぎはぎした本を専用のクリップで留めながら。

「……あれは、亡霊みたいなもんだろう」

諦めとも、おそれともつかない言葉だった。

「千鳥くん。あんたには未来があるんだ。とりつかれるなよ」

未来があるのはワルツさんだって同じことだろうに、降旗先生はそうは言わなかった。

「取り返しのつかんようになるぞ」

その言葉に、優しいな、と千鳥さんは思う。錯覚だとわかっているけれど。

まるで優しくされているみたいだと思うのは、ただの、都合のいい考え方だろうか？

千鳥さんが首を傾げ、小さな声で尋ねる。

「……先生みたいに？」

「唯のように、だ」

降旗先生が名前を呼ぶたび、千鳥さんの胸が痛む。それがどんな種類の痛みなのか、千鳥さんにはわからない。

本当は、わかっているけれど、わかりたくはなかった。

降旗先生はこれで終わりだとでもいうように、千鳥さんから目をそらすと。

「この世の中には、もっといい仕事がたくさんある」

そして一言、言い捨てる。さっき型を取った一冊と、和紙を丸めて小脇に抱えて。

「この本は一度持ち帰らせてもらう。あとはあっちの、乾燥棚に置いておきなさい」

そのまま、振り返りもせずに行ってしまう、小さな背中を、千鳥さんは眼鏡《めがね》の奥、目を細めて見送った。

追いかけたかったけれども、もうずいぶん長い時間を奪ってしまった自覚があったから、出来なかった。

かわりに、そっと、気をつけて、降旗先生の修復した本を手に取り、乾燥棚に置く。それだけの、ことだけれど。

それだけのことだけど、嬉しい、と思った。まるで、手伝わせてもらったようで嬉しい、と。さっきほんの一瞬、自分の手が降旗先生の作業を支えた。そうとはっきり意識もせずに、あの、緻密で繊細な、作業の一部分になれた気がした。

かつてたくさんいた、弟子と呼ばれる人は、降旗先生をああやって手伝ったりもしたのだろうか？

そしてたとえばワルツさんは、もっと丁寧に、本の補修の仕方を習ったりしたのだろうか。

どうして自分ではだめなんだろう。

『よそをあたりなさい』

脳裏にもう一度、降旗先生の言葉が響き、じわりと突然、千鳥さんの目に涙が浮かんだ。

「……どんな、ですか」

唇を震わせて、涙をこぼして、千鳥さんが言う。聞く人は、誰もいないけれど。

「よそ、って……ほかって……。自分にあった、これしかないって仕事を」

こんな世界で。

「どうやって見つけろっていうんですか」

誰でもみんな、見つけられると思うことは傲慢だと、はじめて千鳥さんは、降旗先生を恨んだ。

夕方からの講義には出るつもりであったから、昼過ぎにサエズリ図書館をあとにしようとした千鳥さんは、サエズリ図書館の駐車場で足を止めた。植え込みのかげで、警備員であるタンゴくんが俯《うつむ》いてなにかをしきりに言っているのがわかったからだった。

送ってもらってから、タイミングが合わずに改めてお礼を言っていない。話しかけようと近寄っていくと。

「いや、お前ら、それは、まずいって」

そんな風に、少しだけ感情的な言葉が聞こえて、珍しいなと千鳥さんは思う。面倒な客の相手でもしているのかなと思うが。

「そいつぜってー、でかくなるし」

千鳥さんは首を傾げる。タンゴくんは、地面に向かってひとりでなにかを言っているようにしか見えなかった。

「怒られるだろ。自分で面倒看るっつったって、オヤはそーゆーの、聞かねぇだろ。ねぇだろうよ」

「あのー……」

千鳥さんが声をかけると、びくっとタンゴくんが肩を揺らして振り返った。

「あの、どうしたんですか、その……」

声をかけた手前、止まることも出来ず、近づくと。

「えっ」

タンゴくんの足下、そこに、二人の子供がしゃがみ込んでいた。見覚えのある姿は、この街では珍しい金髪の子供達だった。サエズリ図書館の児童書コーナーで、時々見かける、男の子と、女の子。常連さんだとワルツさんが笑っていたから、それだけだったら、驚かなかったけれど。

汚れてくずれかけたダンボールの中に、毛むくじゃらの生き物がいた。黒い、犬。垂れた耳に、長い毛。雑種だろうか。けれど、きちんとした血統が入ったような利口そうな目をしている。

「捨て犬……?」

「多分」

頷いたのがタンゴくんだったのが意外だった。普通の、会話が成立したからだ。

子供達は警備員よりももっとずっと寡黙《かもく》であるようで、タンゴくんだけならまだしも、千鳥さんが来たことですっかり萎縮《いしゆく》して貝になっている。

「河原に捨てられてたから、雪でも降ったら、可哀想で連れてきたっつって」

タンゴくんの方はわざと、こちらを見上げてくる犬とは目線を合わさないようにしているようだった。

「ばっかじゃねぇの。ここで。飼えるわけねぇだろ」

そこに怒る響きはないけれど、呆れ声だけが、残っている。

「っていうか、だめよ」

千鳥さんは思わず口を出していた。その言葉が厳しかったものだから、タンゴくんが振り返る。

「だめ。ワルツさんに見つかったら……」

そこで、なんと説明していいのかと、言葉を探し、口を止めた。その時だった。

「千鳥さあん」

サエズリ図書館の入り口から、聞き覚えのある、声。ぱっと千鳥さんが振り返り、来ちゃだめだと言おうとするが、ぱたぱたとワルツさんが駆けてくる方が早かった。

「忘れてました、この本、借りていっていただこうと思っていて……」

「だ、だめです！」

ワルツさん、来ちゃだめ！　と千鳥さんが叫ぶ、その言葉に、ワルツさんが「ん？」と言うように足を止め、首を傾げる。

けれど。

「……あっ」

その、千鳥さんの大きな声に、驚いたのか。子犬が子供の手をすり抜けて、植え込みの隙間から顔を出し、ギャン、と一声、子犬らしい鳴き方を、した。

「警備員さん……！」

だめ、止めて、と言おうとしたが。間に合わず。

「……きゃ」

足を止めた、ワルツさんの手から、本がすべって落ちる音。それから、本当に不意をつかれたのだろう。

「きゃあああああ！」

金切り声に驚いたのはタンゴくんも、子供達も、それから犬も同じであったのだろう。一、二度大きく鳴き、小さな歯をむき出して飛び出そうとしたのを、タンゴくんが咄嗟《とっさ》に手袋をした両手でふさぐように抱き上げた。

がち、とタンゴくんの手を噛む犬が、なにかにまた驚いたようにすぐ口を離し、何度か吠える。「うっせ」とタンゴくんは吐き捨てるけれど、その顔色はまったくといっていいほど変わることはなかった。

「タンゴくん！」

ワルツさんは腰を抜かしたまま、悲痛な声で彼の名前を呼んだ。

「タンゴくん！」

しぃ、とタンゴくんが、指を立ててワルツさんに合図する。

「ワルツさん。ここは、館内じゃねーけど」

制帽の下、目を細めて。

「静かに、でしょ」

そう言われ、はっとワルツさんが自分の口元を押さえた。そして一呼吸、間が空いたことで、わっと泣きだしたのは金髪の子供、その少女の方だった。

慌ててサトミさんが飛び出してくるのが見える。その姿を見つけてタンゴくんがちょっと安心したように息をついて。

「お前は、こっちな」

犬の方を、手慣れた様子で持ち上げて、肩に載せた。今の今まで吠えていた犬が、抵抗するわけでもなく、そのまま大人しくしている。

「あ、あの」

千鳥さんはあちこち首を回しながら、それでも、一番近いタンゴくんの方を向いて。

「大丈夫……?」

「ああ」

タンゴくんは億劫《おっくう》そうに、千鳥さんの方を見たけれど。

「これが、仕事、なんで」

そう言って、ワルツさんに「俺、休憩はいりまッす」と言い残し、門から出ていってしまった。

「ち、千鳥さん」

震える声で千鳥さんの名前を呼んだのは、まだ座ったままのワルツさんで。慌てて千鳥さんが駆け寄ると、ワルツさんは足下に落ちた本を、千鳥さんに渡し。

「追いかけて、あげて」

タンゴくん、と白い顔で。

「あとで行くから……」

その言葉に押されるように、千鳥さんは立ちあがり、ぱたぱたと、警備服のタンゴくんを、追いかけた。


タンゴくんが向かったのは、きっと子供達が犬を拾ったのであろう、図書館近くの河原だった。

彼はコンクリに腰をかけて、近くに犬をはなすと、別になでてやったりはしなかったが、いつもは紐を足首まで結んでいる靴を片方ぬいで、ぐりぐりと踏みつけている。犬の方は、喜んでいるようだ。

「あ、あの」

千鳥さんが躊躇いがちに声をかけると、タンゴくんは、犬を見下ろしたままで。

「捨て犬って」

感情の薄い声で、ぼそぼそと言った。

「どーすりゃいいんだっけ。知ってる？」

千鳥さんは少し怯えながら、距離を置いて。

「し、知らない……」

です、と言うべきなのかどうか考えながら答えた。その返事に対しては、タンゴくんはリアクションがなく。

「こいつ、飼い主いると思うんだけどなァ。慣れてるしな。捨てられたんじゃねーんだったら。けど、ここは寒いからな」

珍しく饒舌《じょうぜつ》に、そんなことを言った。ぐりぐりと犬を足で構ってやっているからなのか、この、固い扉がありそうなタンゴくんが、千鳥さんの方を向いて、開いている、と千鳥さんは感じた。

ゆっくりと、近くに寄った。そうしても、いいような気がした。タンゴくんはそれでもまだ、ひとりごとのようにして。

「ほんとは、あの図書館にいりゃ、飼い主がいるなら、迎えに来る気もすんだけど」

だめだな、あれは。と、犬に向けて、諦めさせるように言った。千鳥さんは、少し距離をあけて、冷たいコンクリに浅く腰をかけて。

「……ワルツさん、犬が、だめだから……」

「知ってた？」

突然、話を振られた。それがあまりにフランクな言い方だったから。

「うん……」

友達にするみたいに、そう答えたら、「そ」とタンゴくんが首を落とした。沈黙が流れた。

千鳥さんが手持ち無沙汰に、持っている本を抱きしめていると。

「……そーゆー、普通の」

ぽつんと雨音が落ちるように、タンゴくんが言う。

「人間みたいなこともすんだな」

えっ、と振り返ると、タンゴくんは、俯いたままで。

「あのひと、なんか、いつも、笑ってるばっかで。人間じゃないみたいな、感じじゃねえ？」

千鳥さんは、思わず頷きそうになった。けれど、さすがにそうだね、とは言えなかった。多分、千鳥さんもそう思っていたから。なんでも出来て、いつでも優しくて、こんな出来たひとは、きっと、人間じゃないって。

タンゴくんはきゅっと自分の帽子を深めにかぶる。

「人間じゃねーんじゃねえのって思ってたから……そういう、普通の、参る」

参る、という言葉が。

一体どういう意味なのか、千鳥さんはわかる気がする、と思った。とても、勝手なことを思ったのだった。千鳥さんが参るように、タンゴくんも参っているんじゃないかと、勝手なことを。

「あの、タンゴ、くんは……」

軽々しく、呼んでみた。嫌がられるかもと思ったけれど、反応はなかったから、続けた。もっとも、あまり失礼なことは、聞けなかったから。

「なんで警備員になったの？」

そういう、あたりさわりのないことを聞いた。もちろん、ただの世間話ではなかった。今の千鳥さんにとっては、とても切実な、質問だった。

「じいさんが」

タンゴくんがまだ、扉を開いたままで、素直に答えた。

「家でごろごろしてっと、腐るから、行けって」

簡潔で、明白な答えだった。千鳥さんは難しい顔をして、

「やりたい仕事とか、なかったの？」

そう尋ねれば。

「ナイネー」

とても淡泊な返答があった。「けど」とすぐにうち消すように、

「これは、これで、悪くはないかもな」

その言葉が、冷たい風に流れて消えた。千鳥さんはその言葉を噛みしめる。

警備員の制服がすごく似合うタンゴくん。

嫌な顔をせず千鳥さんを送ってくれるタンゴくん。

多分、そこには、理由があるんだろうけれど。タンゴくんの、気持ちがあるんだろうけれど。

ワルツさんが、普通の女の子だと参る、ような理由が。

でも、それでもいいような気がした。理由がなんでも、彼は、努力を、していて、その努力

は、彼の仕事に見合っているのだと思った。

そんなことを考えていた時だった。

「千鳥さん！　タンゴくん！」

河川敷の土手の上から声をかけてきたのはワルツさんで、千鳥さんは立ち上がる。

「ワルツさん」

ここにいるって、よくわかりましたね、と言ったら、ワルツさんは笑って、千鳥さんの方を指さした。人を指さすなんて失礼なことをワルツさんがするとは思えなかったので、指さした先が、千鳥さんが胸に抱いていた本だ、と気づいた。

（この、本？）

それがなにを指しているのか、千鳥さんにはわからなかった。

タンゴくんは顔を上げただけだったけれど、いつでも立ちあがれるように靴を履き直した。

「あの……ねっ」

ワルツさんは近づいてこようとして、それでも、タンゴくんの足下の犬を見て足が縫い付けられてしまったようだ。けれど尻餅をついたりするようなことはせず、逃げ出しもせず、ぐっと踏ん張って、口元に両手をあててメガホンのようにして。

「その子、うちで飼っていいから……！」

「えっ」

驚いたのは千鳥さんだった。

「だ、だって、ワルツさん」

犬、だめなはず……。というか、まさに今も、全然、だめだし。という千鳥さんの気持ちが通じたのだろう。ワルツさんは、青い顔に少しだけ汗を浮かべて、とん、と自分の胸を叩いた。

「だめだから」

少しだけ情けない、泣き笑いのような表情をして。

「ちゃんと、慣れなきゃ」

ね？　と首を傾げた。千鳥さんは、口を半開きにして沈黙してしまった。あんまり驚いたからだった。

無理しなくてもいいんじゃないですか、と千鳥さんは言った。ワルツさんは、なんでも出来る優秀な司書さんなのだから。

そんなに、無理を、しなくてもいいって。

けれどワルツさんはそうは思わなかったようだった。そうは言わなかった。「でも」と続けた。

「でも、これが、仕事ですから」

その言葉の通りに、犬を引き取って、実践をしようとしているのだった。大丈夫になろうと。

誰のためでもない、他の、なんのためでもない。

ただ、自分の、仕事のために。

タンゴくんが犬を抱え上げて、ゆっくりと立ちあがると。「誰が世話すんだか」と呆れたように言った。

うっと言葉を詰まらせるワルツさんに、タンゴくんはちょっと笑って、

「俺でも、いいっすけど」

と言った。誇らしげな、警備員の顔で。

ワルツさんは、すぐには答えず、両手を合わせて、距離をあけて、タンゴくんに、笑う。すまなそうに。お願いをするように。

そんな二人を見ながら、千鳥さんは、胸に灯る炎を、しっかりと確かめた。

思ったのは、平凡なことだ。頑張ろう、という、小学生みたいな、簡単なこと。

でも、はじめてきちんと、努力してみようと思った。仕事をするために。好きなことを、出来るように。誰がどんな風に、認めてくれるのか。選んでくれるのかはわからない。向いているのかもわからない。神様はなにも言ってくれない。

けれど、出来ることを、出来る限りやろうと思った。タンゴくんのように、ワルツさんのように。そして、多分きっと……降旗先生のように。

(働くことは、生きることだ)

その通りだと、千鳥さんは思った。

第三話　サエズリ図書館のチドリさんⅢ

少年がその職についたのは、大したきっかけがあったわけではない。年老いた叔父のあとを引き継いだに過ぎなかった。

少年は特別な生まれだったわけではない。他人よりも少し不幸な境遇をあえて話すならば、彼は両親を早くになくした。

そして叔父に引き取られ、叔父は実の親のいない少年に、遊び道具として仕事道具を与えた。あとから分析してみれば、少年は多少なにかが欠落した子供だったのだろう。それがなにかはわからなかったが、ぴったりと隙間を埋めるように、少年は叔父の仕事を覚え、そしてすぐに、叔父よりも丁寧《ていねい》に、迅速に、ふさわしい仕事をするようになった。

工業高校で選んだ専攻は化学だった。そこで、糸や紙の繊維を知り、仕事に活かすための方法論を学んだ。立体造形の芸術も学んだ。形や模様を記憶し、指先で再構築する訓練を自分に課した。

少年は決して楽ではないそれらをすべて血肉とし、いつしか青年となり、そして叔父よりも優秀な技術者、専門家となった。

図書修復家。

叔父の肩書きをそのまま引き継いではじめた仕事で、苦労したことはなかった。絶賛しかされたことがなかった、と言っても過言ではない。

その仕事は、叔父から譲り受けたものであったが、神様が自分に与えてくれたものだとも思った。

本を修復させる彼の両手は、金を生む手でもあった。砂金をすくい取るように、繊細な技術で、生み落とされるのは価値の高いものの延命だった。公的な場所よりも、もっと彼を求めたのは個人の資産家だった。本はすでに、好事家《こうずか》達の持ち物だったからだ。

経年劣化を避けられない書物を、彼は延命させ、蘇《よみがえ》らせた。感謝もされた。やりがいもあった。多額の金も手に入れた。

青年はまた、数多くの追従者を得た。技術を慕われ、また乞われ、受け取りたいと思った人間がたくさんいた。

仕事だけに生きてきた一生だった。だから、一般的なコミュニケーションは不得手であったが、技術を通じればそれが出来た。

伴侶《はんりよ》をつくり、子を成すことはなかったが、多くの弟子達が自分の生きた軌跡を、技術を受け継いでくれるのだと思っていた。

父母はなかった。けれど、その技術において、彼は多くの人間の父母になれるとさえ思っていた。錯覚していた。

生きることは働くこと。そして、技術が残れば、生きた証が残るだろう。

天職とは、このことを言うのだと思った。
そう——すべてにピリオドがうたれる、あの日までは。

＊

サエズリ図書館には常に小さな音量でクラシックミュージックが流れているが、書庫までは聞こえては来ない。

空調の音は低くうなり、耳の中に真綿を詰めたような、存在感のある静寂に包まれている。

その中を、千鳥《チドリ》さんは歩いていた。

休日の昼間だった。任された配架を終えて、司書であるワルツさんの許可を得て、千鳥さんは一冊一冊の本を検分していく。

サエズリ図書館の書庫にあるものは、もはや文化財と言われても差し支えのない、本が大量に生産されていた頃のものが多い。それらは経年の劣化に耐えきれず、半《なか》ば壊れかけたものもある。

一見して本の形として整っているものも、手にとって開いてみるとページに染みができていたり、ノドが開きすぎるものがある。それらをチェックし、千鳥さんの手で簡単な補修が出来るものを探すのが、ここしばらくの千鳥さんの図書館での日課だった。

千鳥さんがサエズリ図書館にやってきて、一ヵ月が経とうとしていた。大学の教授には、図書修復家になりたいとはっきり伝えた。難しい顔をされたが、当てがあるのであれば、止めることも出来ないというのが答えだった。

当てなど、あるわけではないけれど。

どうするのかと聞かれたら、そうしたいと答えるしかない、と千鳥さんは思っている。

降旗《フルハタ》先生とは、あれから会っていない。ワルツさんに言えば会うことは可能なのかもしれないが、その踏ん切りがつかないでいた。

今は、本と、向き合っていたい。

この、形のある、重い、朽ちていくものに、のめり込んでいくのを感じていた。まるで、逃避のように。

ワルツさんは忙しい図書館業務の隙間に、千鳥さんに補修の手ほどきをしてくれる。しかし、技術的な難しさのない、簡単なものばかりだった。それでも紙にさわっているだけで、気持ちが落ち着くのを感じた。

このままではいけないような気もするし、充分に満たされているとも感じる。

けれど、ずっとこういうわけにもいかないんだろうなとため息をついて、書棚の角を曲がった、その時だった。

「わ!」

足下に大きな荷物があり、思わず上げた足を前に出し損ね、バランスを崩しかけた。なんとか抱いていた本は死守したけれど。

「あ、ごめんね」

荷物が喋《しゃべ》ったので、それが、人だということに気づく。絨毯《じゅうたん》の上に座り込んでいたのは女性だった。書庫に入る利用者は、開架よりも少ない。誰もいないものだとばかり思っていたので、驚いてしまった。

「い、いえ」

手元の本を整えながら千鳥さんが首を横に振る。書庫には開架にあるような椅子がないので、座り込んで読むのも仕方がない、かもしれない。

ジャージを着た女性は、腰を叩きながらのそりと起き上がった。横顔に少し、疲れが感じられた。はじめて見る利用客だと思った。

ジャージの胸元には、コトウ、という刺繡《ししゅう》がしてある。

「ボランティア、さん？」

古藤《コトウ》さんが尋ねれば、千鳥さんは頷《うなず》く。眼鏡《めがね》の奥から真っ直ぐに見つめられると、逃げられないような気がする。綺麗な人だな、と思った。野暮《やぼ》ったいジャージに、化粧気のない疲れた顔だけど、この人は綺麗な人なんじゃないかと瞳から思った。

「へー。新しい子だね。いくつ？」

二十二です、と千鳥さんが正直に答えると、「若い」と言ったあとに。

「……でもないか」

やあねえ、年をとると。自分より下が、とっても若く見えちゃって、と本棚に身体《からだ》を預けて古藤さんがぼやいた。

「あれ？　二十二っていうと、大学生？」

「四回生です」

「へぇ」

千鳥さんの答えに思うところはあったのだろうけれども、古藤さんはそれ以上追及はしなかった。かわりに書棚を眺めて。

「オススメの本とかある？　ボランティアさん」

そう言われて、千鳥さんが目を丸くする。サエズリ図書館でボランティアをしてから、本の場所や、館内施設について聞かれることはあったけれども、オススメの本を聞かれるのははじめてだった。

「え……っと」

千鳥さんの目が泳ぎ、汗が浮かぶ。

「す、すみません」

そこでもやっぱり、千鳥さんは嘘が、つけなかった。

「あ、あんまり本、詳しくなくって……」

肩をすくめて小さくなって、俯《うつむ》く千鳥さんを宥《なだ》めるように両手を振ったのは古藤さんだった。

「いや、困らせようとしたわけじゃないよ」

顔を上げて、と肩を叩く。

「本に詳しい子供なんて、ワインに詳しい子供みたいでちょっと気持ちが悪い」

いや、こういうたとえはワルツさんが怒っちゃうな……と古藤さんは自分の言葉につっこみをいれて、腕を組んだ。

「喋って大丈夫？」

千鳥さんが作業中であることを慮《おもんぱか》っての言葉だったのだろう。

「あ、はい」

幸い今は書庫には人気《ひとけ》がない。千鳥さんが頷くと、古藤さんがため息をつきながら、

「娘がいるんだよね」

としみじみ告げた。

「はぁ」

「いや、唐突に知らない人からこんなこと言われてもしょうがないんでしょうけど、世間話だと思って聞いてくれたらいいわ」

それも迷惑だろうけど、ごめんね、と先回りで謝られたら、なにも言えなくなってしまう。

千鳥さんは神妙な顔をつくって続きを待った。

「わたし、これでも、教師の端くれで。小学校なんだけどね。娘が小学校の頃は子供のことなんてわかってるつもりだったけど、中学校になったら途端、なかなか心が通じなくなっちゃって」

教師という言葉に驚くよりも先に、まとう空気がしっくりときた。今は力を抜いているよう

だったけれど、理知的なひとなんだろうと思った。

「娘さん、どうかしたんですか?」

「………ボランティアさんが中学生とかの頃って、終末クラブとか流行《はや》った?」

「終末クラブ?」

「そ」

聞き返す千鳥さんに、古藤さんが頷き、フレームの太い眼鏡を直す仕草をした。

「ネットの、スクラップデータみたいなんだけどさ。近い将来に、世界は終末を迎える、ってやつ。もっともらしい言葉をあげつらねて、不安を煽《あお》るの。これからは子供が産めない時代になるとか、地球を壊しちゃうような大量破壊装置のスイッチはもう押されていて、Xデーを待つしかないとか……。この国は人間が住めない土地になるとか、ね。まあ、あながち嘘、とも言えないのかもしれないけど」

ははは、と乾いた笑いが書庫に響いた。千鳥さんは、上手《うま》く笑えなかったし、なにも言うことが出来なかった。

そういうデータが、千鳥さんよりもっと若い女の子達の間にまことしやかに回ることは、毎日のニュースやドキュメンタリーが伝えるよりも重いのかもしれないと思わずにはいられない。じわりと胸に苦い思いが広がって、本を抱き直す。そして、沈黙を誤魔化《ごまか》すように早口で言った。

「その話って、最終的な結論はなんなんですか?」

「うーん……いろいろ？　だから学校に行くのはもうやめようとか、好きな人に気持ちを伝えようとか、ちょっと発達したものだと、終末の乗り切り方とか？　でもそれの方がよっぽど眉《まゆ》唾《つば》ものでさ。なんか変な、詐欺《さぎ》まがいのこともあるみたい」

ノアの方舟《はこぶね》なんてどこにもないのにね、と首を傾《かし》げて笑う古藤さんは、少しだけ哀しげだ。

なによりその笑顔が、千鳥さんの胸に迫った。心配になったし、出来ることなら力になってあげたくなった。

「娘さんは……」

「それが、なんか、学校行かずにふさぎ込んでるらしくって。あ、ちょっと、離れて暮らしてるんだけどね。しばらくは冬休みでしょう。だから、いいといえば、いいんだけど……」

いや、こんなところで油売ってる場合でもないか、と古藤さんの言葉が、歯切れ悪く響いて、本の間に吸い込まれていった。

よその家庭のことは千鳥さんにはわからなかったけれど、千鳥さんは古藤さんがそれほど悪い母親とも思えなかったし、だからといって無責任にいい母親だとも断言は出来なかった。

「得体の知れない大きな不安に負けないように、育てたつもりだったんだけどなぁ……」

愛情不足かな、と呟《つぶや》いた、その声は自嘲に似ている。千鳥さんの浅い人生経験では、こんな、「先生」と呼ばれる人にアドバイスなんて出来ないけど。

「……わたしは」

そこで浅く呼吸をすると、言葉を選びながら、千鳥さんは言う。

「わたしの子供の時は、そういう流行りが、あったのかもしれないけど、あんまり、友達がいなかったので」

自分の声も言葉も、こわばっていて情けなかったけれども、その言葉が、この、目の前の人の励ましになるんじゃないかと信じることが出来た。

「なので、先のことが不安というよりも、もっと漠然と、死にたいなぁって、思っていたかもしれません」

そんなに深刻なことじゃなくって。授業の最中に保健室に行かなきゃいけない時とか、頭が痛くて遅くまで起きていられない時とか、試験中に倒れちゃう時に、思わず願ってしまうのだ。

自分じゃない自分になりたい。

ここではないどこかに行きたい。

そういう、どうしようもないもので。

そんな時に、死ぬ勇気なんて出ないから。世界が終わってしまうなら、楽ちんなのになと思ったかもしれない。

「………今も?」

目を細めて、古藤さんが聞き返す。千鳥さんは、出来るだけ自然になるように、笑って。

「大人になったら、なりたいものになるために、努力が出来るから、いいなって思います」

心の底から、そう答えた。

先のことはわからないけれど、一ヵ月先、一年先はまだ生きているだろうと根拠なく信じることが出来て、死なないのであれば生きなければならない。生きるためには働かなければならないし、好きな仕事をするためには努力をしなければいけない。

地球の未来は多分救えないけれど。

一年先の自分は、自分にしか救えないだろう。

そしてそれに努力が出来るから、今はずいぶん幸せだと千鳥さんは言った。夢物語でも、嘘でなければよかった。そうであって欲しいと、心から願っているのだと思った。そして、そんな千鳥さんの言葉を、古藤さんは目を細めて聞いて。

「そうだね。大人はいいね」

心の底から、深く頷いたようだった。そのまま俯かず、天井を仰いで。

「教えてやんなきゃなあ。でも、言ってもなかなか、響かないだろうなぁ」

とぼやく。これまでよりは、幾分軽い調子で。そうですね、と千鳥さんも小さく苦笑した。

実感としては、響かないだろう。未来のことなどわからなくて、手の届く範囲がすべてだから。子供の世界は濃密で、そして悲しみも深いのだろう。

「でも、本は効くと思うんだ」

ジャージのポケットに両手をつっこんで、唇《くちびる》を曲げて古藤さんは笑う。

「そういう漠然とした悲しみや寂しさに、本は効くと思うんだよ」

だから、オススメの本を聞きたかったんだけどね、と言う古藤さんの言葉がずいぶん染みた。

(本は、効く)

確かにそうかもしれない。ひとりきりの心に。漠然とした不安に。逃げ出したい心を、逃げ出させてくれる。なぜそれが、端末ではなく本なのかは、千鳥さんにはわからないけれど。

端末は、データは結局、繋《つな》がるためのツールであり、本は、断絶のためのツールなのだと唐突に思った。触れるのはひとりで、読むのもひとりだ。それは人を、もっと孤独にする。

けれどそれで、癒される心だって確かにあるのだろう。

「……ごめんなさい。詳しく、なくて」

本を、ちゃんとすすめてあげたかった。本を教えてあげたい古藤さんの、力になってあげたかった。けれど古藤さんは優しく笑って。

「いいんだよ。大人しく、ワルツさんに聞くさ」

と肩をすくめる。

あんまりあのひとに情けない姿を見せたくないんだけどね、と言い訳をして、その言い訳を誤魔化すように、千鳥さんの肩を叩き、去っていこうとした。けれど足を止めて、振り返り。

「ボランティアさんの、なりたいものってなに？」

その問いに、うっと千鳥さんは詰まったけれど。

「――図書修復家、です」

硬い声で、緊張をして。それでもはっきりと、告げた。

古藤さんの、眼鏡の奥。理知的な瞳が、やわらかく揺れて。

「いいじゃない。頑張ってね」

そう一言残して、書庫を去っていってしまった。千鳥さんは深く、息を吐き。

（本は、効く）

少なくとも私には効いている、と傷んだ本の、表紙をなでた。

いくつか本の補修を終えて、千鳥さんはため息をつく。外は明るいが、窓に触れただけで身を切るような寒さが感じられた。見れば空の雲も白いが、厚い。

まだみぞれ程度しか降っていないが、そろそろ雪になるのかもしれないと思う。と、外に繋がれている黒い犬に目がいった。

窓を開けると、その音に反応したのか、黒い犬が立ちあがって見上げてきた。しきりに尻尾《しっぽ》を振っているけれど、吠えることはない。躾《しつけ》をしているのは多分、年若い警備員だろう。

「お前、寒いのに元気だね」

手を伸ばして頭をなでると、硬い毛の感触。ぐりぐりと頭をこすりつけられて、冷たい外気に反してあたたかな体温を感じた。

「名前はつけてもらった？」

仕事のことであればいつも決断を迷わないこの図書館の司書さんが、苦手克服のために飼いはじめた犬の名づけは難儀していると聞いていた。

失礼を承知で分析めいたことを言うとするなら、あれほど仕事の出来るワルツさんは、多分、生きているものに愛情を傾けるのが苦手なのだろうと千鳥さんは思った。

犬からは、もちろん返事はない。

その代わり、ぱっと首が回って違う方向を見たかと思うと、警備員のタンゴくんが銀皿に餌《えさ》を盛ってやってきたところだった。

さすがに大きく吠えだした犬を、彼は手で制して、餌皿を置くと「待て」の訓練をする。しばらくそうしてから、食べさせた。見事だなあと千鳥さんは思う。

「おつかれさま」

挨拶《あいさつ》をしてみる。会釈《えしやく》だけが返る。少し話すようになっても、相変わらず淡白だった。

「寒くない?」

そう尋ねる息も白いのだから、今更といったところだけれど。さすがに警備員服の上に長いコートを着たタンゴくんは、

「まあ、暑くは」

とそこまでで言葉を切り上げてしまう。意図は、伝わるからいいけれど。

そのまましばらく犬の頭をなでて。

「けど、こいつは寒いと思うんで」

珍しく、タンゴくんの方から話を振ってきた。

「小屋を、岩波《イワナミ》のじいさんに頼んでる。頼んでるっつか。勝手に、つくってくれるらしいんだけど」

岩波さん、というのが、千鳥さんが図書館で調子を崩した時に水を買ってくれたおじいさんだとすぐに気づいた。千鳥さんは目を細めて。

「ここのお客さんは、みんな優しいね」

そう、心の底から言う。ワルツさんが優しいからかもしれない。優しい人のそばに集まるのは、大概が、優しい人だ。

「まぁ」

しゃがみ込んで犬の首元をなでるままに、タンゴくんが言う。

「本なんて、珍しいもん好きなわりには、みんな、人間が、好きだよな……」

あはは、と千鳥さんは笑って、窓から身を乗り出した。一心に餌を食べる犬の頭をなでるために。

「本が好きな人に優しいんだよ。好きなものが一緒だと、そういうものでしょう」

タンゴくんは返事をしなかったから、同意されたのかどうかはわからない。ただ。

「犬！　犬ー！」

突然建物の陰から頭ひとつ出してきた女性が、そんな風に言いながら走ってきた。紺色のコートから伸びるのは黒いストッキングの足、肩ほどの髪にはニットの帽子をかぶっている。元気のいい若い女性だった。

「あ、こんにちは！」

真っ直ぐ犬に向かってやってきたけれど、千鳥さんとタンゴくんと目が合い、挨拶してくれた。

「どうも」

タンゴくんはそんな無愛想な返事で、千鳥さんは「こんにちは」と小さく言った。

「犬、好きなんですよー」

と言いながら、犬をなでまわし。

「実家では猫派なんですけど！」

と聞いてないのに言ってくる。それがなんだかおかしくて、千鳥さんは笑ってしまう。

「名前、決まりました？」

女性がタンゴくんに尋ねるけれど、タンゴくんは首を横に振るだけ。そっかあ、と半ば予想通りに頷いて。

「無理しなくていいのにねー」

と、かつての千鳥さんのようなことを言った。犬の嫌いなワルツさんが、犬嫌いを克服するためにあえて捨て犬を図書館で飼い始めた。彼女を知る人は、みんな同じように思うらしい。

でも、とワルツさんをよく知るらしい女性は続ける。

「無理はしちゃうんだろうな。本のためだったら、その無理だって、楽しいんだよ、きっと」

ねー、と犬に笑いかけながら。

「ワルツさんは仕事の鬼だもん」

と現実とはかけ離れたような、それでいて間違いでもないような形容をした。確かに、鬼かもしれない。怖くもないけれど、多分甘くもないだろう。

「この図書館には、お仕事で？」

千鳥さんが控えめに尋ねると、女性は慌てて立ちあがって、肩から提げた鞄《かばん》をかつぎ直し、首を振る。

「あ、わたしはそういう特別な仕事じゃないです。ただの、会社員。上緒《カミオ》です。はじめまして。ボランティアさん？」

「はい、しばらく前からお世話になっています」

と千鳥さんも挨拶をする。上緒さんはニコニコと嬉しそうだ。

「わたし、週に一回くらいは来てるんですけど、あまりお会いしませんでしたね」

「ここしばらくは、本の修復をメインでさせてもらってるから」

それを聞いて、上緒さんが首を傾げる。

「修復家さんなんですか？」

「いえ、違います！」

慌ててそう答えてから、窓のサッシを強めに握って。

「……修復家、志望です」

と少し緊張した声で言った。その言葉に、上緒さんは笑う。

「だったら、ここは、とってもいい場所ですね」

はい、と千鳥さんが頷こうとしたけれど、上緒さんの持っている端末が鳴り出し、「やばい」

と電話を取った。

「ちょっと待ってよー！　すぐ行くって言ってるじゃん！」

どうやら誰かを待たせているらしい。

「本はまだ！　まだ返してないから！　いやちょっと、色々あって！　あと五分だけ！　五分だけ待って！」

短気！　と電話を切った上緒さんに千鳥さんが言う。

「返却しておきましょうか？」

窓から手を伸ばして千鳥さんが言うと、ぱっと上緒さんの顔が輝く。思わずなにかをしてあげたくなる笑顔だった。

「あ、本当ですか？　よろしくお願いします！」

袋ごと預けられ、止める間もなくせわしなく駆けていく。本の返却にはカードなど必要ないけれど、この布袋はどうしたらいいのだろう、と首を傾げていたら。

「騒々しい……」

食べ終わった餌皿を持って、しゃがみ込んでいたタンゴくんが立ちあがる。

「修復家、ってえと」

ぼそぼそと、呟く。

「あの、もっと騒々しいじいさんとかの……」

その言葉に千鳥さんが反応を返そうと、した。その時だった。

「千鳥さん？」

会議室に入ってきたワルツさんは、真っ直ぐ千鳥さんの方だけを見て近づいてきた。犬が視界に入っていれば、それなりに反応しただろうに、どうやら視野が狭くなっているようでもあった。

「いいかしら」

穏やかではない表情だった。気持ちの高ぶりや焦りを、押し殺そうとするかのように。

「落ち着いて聞いてね」

それはまるで、自身を落ち着けようとするかのように。そして、つとめて冷静に、けれど重々しく、ワルツさんは告げた。

「降旗先生が倒れられたそうなの」

千鳥さんは、目の前がゆっくりと暗くなるのを感じた。


聞くところによると、世界はじきに終わるらしい。

そんなことよりも前に、人にはいつだって終わりが来る。それは、人類の歴史がどれだけ進歩し、そしてまた退化したところで変わりようがない。

長い時間という軸で考えれば、生きていることのほうが異端であり、異質である。

生まれることを避けられないように、死ぬことだって避けられない。けれど、やはり怖いと思わずにはいられない。

電車とタクシーを乗り継いで、ワルツさんと千鳥さんが病院にたどり着くまで、ワルツさんは青白い横顔でなにも言わなかった。にこりとも笑わず、まっさらな顔なので。それがよけいに、不安を煽るようだった。

一緒に来て欲しい、とワルツさんが言ったわけではない。ワルツさんと一緒に行ってあげてくれないかと、いつかと同じように、千鳥さんに言ったのはサトミさんだった。

（犬が苦手であるように、病室がワルツさんにとって心地よい場所だとは思えないから）

降旗先生がどうして倒れ、なぜ、親戚でもないワルツさんのところにその連絡が来たのか、どういう関係だったのかという思いが巡らなかったかといえば、嘘になるけれど。

それよりも、自分の指先が冷たくなって、どれだけさすっても熱が戻りそうになかった。

あの日のことを思い出す。図書の修復。鮮《あざ》やかな手仕事。けれど、降旗先生は、確かに苦しげな顔をしなかったか。

こうして彼が倒れたのは。彼が、ひとりきりだったからではないのか。

考えても仕方のないことばかりが頭を巡る。なにかが変わっていれば。なにかを出来たかもしれないのに。自分が、あまりに無力だった。

入ったこともないような大きな病院の、個室には最新の医療機器が置かれ、そこに、呼吸器と循環器につながれた降旗先生がいた。

部屋には複数の看護師と、それからスーツの男性達がいた。男性達は親族という風でもなく、降旗先生を遠巻きに眺めている。

ワルツさんは看護師といくつかの言葉をかわした。

今は容態が安定していること。けれど意識はまだ混濁している可能性があること。倒れてから発見されるまで、一、二時間のタイムラグがあったこと。

そして、心臓の持病で、発作を起こしたのだということをはじめて聞かされた。本来であれば異変をすぐに感知するキーパーを埋め込まなければならない身体だったが、拒否をしたのは降旗先生自身だったのだと。

飾り気のない術衣を着て、頭にもカバーが掛けられていた。いつものような、オシャレなスカーフも、スーツも着ていないと、いつもよりずっと小柄になったような気がした。

それから、その年齢よりもうずっと、老いさらばえたような気さえして、胸が詰まった。

「先生」

ワルツさんが言葉をかける。それを、半歩下がって斜め後ろで、千鳥さんは見ていた。問いかけは静かに一度だけ。ずいぶんな時差があって、降旗先生の重いまぶたが持ち上がる。ぎょろりとした目は少しだけ濁《にご》っていた。

目を開いた降旗先生が、ぱっと呼吸器のマスクを外そうとしたので、周囲にいた看護師達が慌てた。

「先生!」

千鳥さんも声をあげる。その姿を目に留めて、降旗さんの顔が歪《ゆが》んだ。肉体的な苦痛よりももっと、こうしていることに対する苦みのようだった。

「引退だ」

かすれた声で、しぼり出すように言う。息でマスクが白く濁った。

「延命はいらん」

はっきりとした言葉に、千鳥さんの胸がえぐられるようだった。けれどワルツさんはベッドの柵に手をつき、覗き込みながら言う。

「あなたがそう思っていても」

やはりまだ、冷たい横顔で。

「まだ先生には、死んでいただくわけにはいきません」

そう、はっきりと告げた。降旗先生が、その剣幕に気圧《けお》されたように、枕に頭を落とした。

「サエズリ図書館に、警察の方から連絡がありました」

ワルツさんの声は決して厳しくはなかった。ただ、淡々と告げる。

「降旗先生。あなたが意識を失っている間に、あなたの作業室が荒らされた形跡があるそうです」

その言葉に、千鳥さんは驚いたが、降旗先生もまた言葉を失ったのがはっきりとわかった。

「まさか」とマスクの下で、唇だけが、震えた。

「盗難です。犯人に、心当たりが、ありますね？」

染みが広がるように、降旗先生の顔に憎しみが浮かぶ。言葉にはしないが、それが、はっきりとした答えのようだった。

「修理を頼んでいたサエズリ図書館の蔵書も盗まれたようです。わたしは、その本を探しに行かなくてはいけません」

わたしも、と降旗先生が身体を持ち上げようとする。けれどワルツさんは毅然とした様子で、首を横に振った。

「これは、わたしの仕事です」

降旗先生が、壊れた本を直すことが専門だとしたら。

「わたしはサエズリ図書館の特別保護司書官」

本がどこにあるのかは、わたしが知っています、と告げる。それはまるで神々しい姿だった。

「でも、あなたの責任でもありますから」

そこでようやく、ワルツさんは淡く笑って、声を柔和に、けれど言葉だけは、しっかりと伝わるように告げた。

「この件が片付くまで、死んで逃げてしまうことは絶対に許しませんよ」

降旗先生はなにも答えなかった。身体の不自由に引きずられたのではなく、返す言葉を見つけられなかったようだった。目を見開いたまま、ワルツさんを凝視した。

かつての友の、忘れ形見である娘を。

答えを待たず、ワルツさんは病院に入って脱いだコートを再び着て、部屋の隅にいたスーツの二人組に声をかけた。

「警察の方ですね。わたしがサエズリ図書館の割津《ワルツ》です。電話でお話しした通り、図書館の蔵書の位置情報のアクセス権はすべてわたしにあります」

スーツの男性達は顔を見合わせ、頷き、ワルツさんに会釈をした。

「図書のチップはまだ有効ですか？」

尋ねられ、ワルツさんはゆっくりと目を閉じ、また開く。

「はい。現時点で、追跡《トレース》は可能です」

「一時的に、そのアクセス権を貸与していただくことは？」

「出来ません」

彼らの言葉に、はっきりとワルツさんは答える。

「これは、拒否ではありません。不可能なんです。全蔵書のリスト、そして位置情報へのアクセス端末は——、わ、た、し、の、脳、に、あ、る、か、ら、です」

記憶回路《ネオメモリ》と呼ばれた、先進時代の技術だとワルツさんは言った。千鳥さんはその言葉を聞きながら、これまでずっと不思議だった疑問が氷解するのを感じた。

どうして、犬の隠した本を見つけることが出来たのか。

どうして、千鳥さんとタンゴくんがどこに行ったのかすぐにわかったのか。

彼女のパパが、彼女に残した、あの図書館の、蔵書のすべて。

彼女には出来るのだ。調べるまでもなく、わかるのだ。この世にあるサエズリ図書館の本はすべて、彼女のものだから。

「捜査に協力は惜しみません。一緒に参ります」

そしてワルツさんは千鳥さんを残し、私服の警察官と出ていってしまった。降旗先生も抵抗をやめた。いくつかのモニタをチェックし、看護師達が出ていくのを、千鳥さんは途方に暮れて眺めていた。

そして、広い病室に、二人きりとなった。そろそろと、千鳥さんがベッドの脇の椅子に腰を下ろす。

「生き恥だ」

白い管につながれた降旗先生は、目を見開いて天井を見たまま、がん、とこぶしでベッドを殴った。

「こんなことならば、とっとと死んでおけばよかった！」

その投げやりな言葉に、千鳥さんはとても泣きそうになって、唇を噛んだ。そして、耐えきれず、言ってしまった。

「いい加減にしてください」

労《いたわ》りたいけれど、優しくしたいけれど。言わずにはいられなかった。

「そんなこと言う方が、ずっと、恥ずかしいです」

そう口に出してみれば、言葉と一緒に自分の頬にぼろっと涙がこぼれたのがわかった。だって、もう、耐えられなかった。

死ねばよかった。

生きることが、働くことであった、彼にとっては。

それは、働かなければよかったということだ。

「なんでですか」

子供のようにしゃくりあげて、千鳥さんは言う。こんな言い方が、困らせるだけ、嫌がられるだけだとわかっていて。

「なんでそんなこと言うんですか」

あんなに素晴らしい技術を持っているのに。こんなに人に必要とされているのに。

……こんなに、わたしは、あなたの仕事を、欲しがっているのに。

「なんで、わたしじゃだめなんですか」

足りないのは、なんだろう。技術だろうか。愛情だろうか。それとも、天賦の才能とか、神様の選択なんだろうか。

たとえば、自分がワルツさんだったら。

降旗先生は、もっと、違ったのだろうかと思わずにはいられなかった。

泣き出した千鳥さんを、降旗先生は不快げに見るようなことはしなかった。ただ、遠くを見るように、目を細めて。

「……あんたがだめなわけじゃない。千鳥くん」

優しささえ感じさせるような、かすかな声でそう言った。千鳥さんは、ずれた眼鏡の下でしきりに涙をぬぐう手を止めて、降旗先生を見返す。

君がだめなわけじゃない、ともう一度、天を仰ぎながら降旗先生は告げる。

「本がだめなのだ」

ゆっくりと、目を閉じる。そして、これまでの若々しい声とは違う、年相応の、疲れ切った、老人の声で言った。

「もう、本は、だめなんだよ。未来なんてないのだ」

そうして語り出す言葉は、思い出は、まるで、修復が必要になった、ぼろぼろの、彼自身の傷みのようだった。


本の修復家として叔父のあとを継いだ少年は、名だたる美術館や、歴史資料館、そして個人の様々な稀少本を修復していった。

彼の仕事はもてはやされた。愛情があった。誇りもあった。高価な修復材料を仕入れてもまだ十二分に余る、莫大な収入も。

人々には神の手のようだと称えられ、若いながらもたくさんの弟子を得た。それらをまかなえるだけの、心技が年若い彼にはあったのだ。

けれど、すべては一瞬のうちに消えた。あの日。ピリオドと呼ばれた……人類史上最大の人災、三十六時間だけの、戦争がすべてを奪ったのだ。

彼はその時、比較的被害の少なかった海外に出張していたために、国内がどのようになっていたかを知らなかった。一昼夜と、半日。たったそれだけで、すべてが変わるだなんて思いもしなかった。

日本に戻り、都市部《シティ》の家に行った彼はその光景に唖然《あぜん》とした。

なにもなかった。高層ビル。舗装された道路。数多《あまた》のプライベートカー。すべては、瓦礫《がれき》に変わっていた。

『国会図書館は焼けたよ』

呆然としていた彼に、誰かが言った。誰だったかは、覚えていない。励ますように肩を叩いて、現実から目をそらすように明るい声で。

『でも、安心しろ』

すがるように、誰かは言った。

『データは残った！　データがあってよかったな！』

データは、残った。

だから、よかった。人の知識は。財産は守られた。

だとしたら、と地に膝《ひざ》をつき、自分の両手を見ながら彼は思った。たこのできた手。薬品によって汚れ、道具によって少しずつ変形しつつある、その手を見ながら。

だとしたら、自分のしてきた仕事とは、なんだったのだろう――？

他に人のいない広い病室で、涙もぬぐわず、千鳥さんはその話を聞いていた。降旗先生の言葉は終始理性的で激情に駆られることはなかったが、だからこそ白い部屋に切なく響いた。

「わたしはすべての教室と弟子を解散させた」

この手の技術を、人に残すことはやめた。そうでなくとも、生き残った人間は必死になって新しい生活をはじめなければならなかった。これまでの水準を落とし、大きく文明が過去に折り返しても。

生きているものは生きていかねばならない。そして。

「データがあればいい」

もう一度、噛みしめるように、降旗先生は言った。

「人間には、データがあればいいのだ」

だとしたら、自分のやってきたことはなんだったのだろう。感じてきた、誇りや、生きがいさえ、幻だったのか。誰も求めてはいなかったのか。本という、器など。

あの時都市にいれば、と降旗先生は宙を見ながらうつろに言った。

あの時、都市にいれば。一緒に焼けて、なくなったのに。と。

その言葉を、恥ずかしいと、やめて欲しいとはもう千鳥さんは言えなかった。祈るように自分の手を組んで、額にあてた。こぼれる涙がなんとか止まって欲しかった。言葉を、かけたかったから。

「わたしだけが、虚無に残った」

死に損ないだと、降旗先生は言った。

それは違う、と千鳥さんは思った。虚無ではないはずだ。ただ、理由があって、当然のようにそうなっただけだ。その、理由はといえば。

「愛していたからじゃ、ないんですか」

まだ、声は濡れていたけれど。それでも、俯き肩をふるわせながらも、千鳥さんは言葉を止めなかった。

「データがあってよかった。その言葉が、それだけ悲しかったのは」

すん、と鼻をすすって、涙を飲み込んで。

「降旗先生が、本という存在を、深く深く、愛していた故《ゆえ》の絶望だったと」

こんな、降旗先生の半分も生きていない、小娘の言葉だ。伝わらないかもしれないし、間違っているのかもしれない。

それでも、言わなければならないと思ったし、どうしても言いたかった。

「いいんですよ」

手を、握ることは出来ない。大切な手。価値ある手だと思ったから。だから、ベッドの柵を握って、千鳥さんは言う。

「好きでもいいんです」

降旗先生に言い聞かせ、自分にも言い聞かせるように。少しだけ、ワルツさんの言い方を真似るようにして。

「データじゃなくても、いいんです。本が、いいんです」

自分の言葉には、説得力はないかもしれない。けれどあのサエズリ図書館は、存在する、それだけでそれを見せつけてくれるだろう。

そして。

「割津教授《プロフェッサーワルツ》は、そう言ってくれたんじゃないですか。ワルツさんは、そう言っているんじゃないですか」

千鳥さんの言葉を、降旗先生が否定することはなかった。目をそらし、あらぬところを見て。

「義昭《よしあき》と出会ったのは、もっとあとだ」

と呟いた。

抜け殻のようになった降旗先生を訪ねてきたのが、割津教授だった。大枚をはたき、自分の蔵書の修復をさせた。

もう本は、無意味だと、無価値だとわかっているのに、そのコレクションを見て降旗先生は心が躍ったのだという。

そこには、自分の仕事があったから。

けれど、割津義昭自身とは、相容れることができなかった。彼の行う、延命の治療。それがまるで自分の修復仕事の無意味さと重なるようだから。

わたしにはこれしかないのに、この仕事はあまりにわたしを虚《むな》しくする、と降旗先生は言った。

これしかない。でも、もうこの仕事には意味がない。そしてまた、狂うように本を求めた友は、本を手にいれるために、そして金のために人間を延命させる……。

「わたし達は道を分かった」

友であったから、と割津義昭のことを、目を細めながら語った。ギショウとは、彼を友とした人間だけが呼んだ名なのだと。彼の名前と、偽書とを重ねて。義昭もまた、降旗のことをコウキと呼んだ。不器用な彼なりの、親愛なのだとわかっていた。

だからこそ、一緒にいられなかった。

「あいつは狂ったまま死ぬのだと思った。その死には直面したくなかった」

けれど、死の間際に彼は別のものを見つけたのだ、と降旗先生は言った。本に狂った友が生涯、見つけることはないだろうと思っていたもの。それが。

「唯《ユイ》だ」

それは、彼のすべてを受け継ぐものだった。

彼の蔵書。

彼の思い出。

そして、彼の——愛情のすべて。

「義昭の遺書が届いた時、驚いた。そこに書いてあった、文面にだ」

本しかない男だった。研究と、本。否、自分の才能も研究も、すべて本を得るための手段でしかなかった男。

だから、彼が残すものは、莫大な蔵書、それだけだと思っていたのに。

遺書であるメールには、こう書かれていた。

『我が敬愛の修復家へ。一足先に発つ。本と、唯を残す。あとを頼む』

本以外のものを残すなんて、あるものかと、思ったからこそ、ワルツさんを見た時に驚いたし、また一方で、深く深く頷いたのだ。

本に命を捧げた男は、人生の最後に本と同じくらい大切なものを得た。しかしそれは、彼にとっては大した違いではなかったのではないかと思うのだ。

割津教授にとっては、唯こそが、本であると。

「あれは、やはり、狂っておるだろう」

と呟いた。それから、長い話に疲れたかのように、まぶたを下ろして続ける。

「千鳥くん。君は若い。若い君を、この道に巻き込むことは出来んよ」

声は、言葉は、ひどく優しく、甘く感じられるほどだった。

「わたしの作業室が荒らされていたというのならば、犯人の見当はつく。あの、修復機をつくると言っていた人間だろう。これは、罰なのかもしれんな。一度はすべて諦《あきら》めたのに……わたしでさえ、データになれるのかと、一瞬でもすがった、罰だ」

そんな上手くいくはずもなかろうにな、と降旗先生は自嘲する。その言葉には、強いコンプレックスが表れていた。年を経ても受け流すことが出来ない、より強固になってしまった、トラウマとコンプレックスだ。

この人は言われたかったのかもしれない、と千鳥さんは思う。データがあってよかった、ではなく、自分がいてよかったと。荒野と化した都市で、そういう風に必要とされたかったのかもしれないと。

なぜ、誰も、言ってあげられなかったんだろうと思う。その、絶望の中で。言ってくれるはずの割津教授は多分……その時には、降旗先生を見ていなかったのかもしれない。あまりに深く、本を求めすぎて。

もしも、その時に、ワルツさんに出会っていたら。

自分と、出会っていたら。

言ってあげられたのかもしれないのに。データではなく、本がいい。機械ではなく、あなたがいいと。

「わかってくれ」

薬の眠気に誘われるように、ゆるやかに呼吸をしながら、降旗先生は千鳥さんに言った。

「未来を選べるということは、素晴らしいことなのだ」

だから、どうか、自分の未来を見つけなさいと。けれど、その言葉に、はいとは千鳥さんは言うことが出来なかった。

「ずるいです」

首を横に振って。ベッドに突っ伏して。

「先生は、自分だけ。こうやって、命を懸ける、仕事を見つけて、ずるい」

千鳥さんのその言葉に、降旗先生の手が、かすかに持ち上がり、けれどそれ以上は動くことはなく、また、ベッドに戻された。

自分のことを、なでようとしてくれたのかもしれないと、思うのは、傲慢《ごうまん》だろうか。


ほどなく、ワルツさんの協力もあってか蔵書の窃盗《せっとう》犯は警察に捕まった。もとよりプログラミングと機械製作をうたう会社も偽装で、降旗先生の財産と本を狙っていたに過ぎなかったそうだ。

作業室で昏倒《こんとう》している降旗先生を放置し、部屋を荒らして金目のものを持ち去ったために、窃盗よりも重い罪にも問えると言われたが、降旗先生はその罪状の立件は拒んだそうだ。

病気で死ぬのは天命だから……、と語るワルツさんも少し困ったような顔をしていた。きっと、それはただの受け売りで、ワルツさん自身はそうは思ってはいないのだろう。

サエズリ図書館の蔵書は無事に戻った。さほど古い本を大量に修復に出してはいなかったことが功を奏したようだった。

『でも』

ワルツさんは浅くため息をつく。

『ある資料館から修復依頼を受けていた稀覯本《きこうぼん》が……』

すでに海外に転売にかけられていた、と悔しそうにワルツさんは言った。その足取りは追えないのかと千鳥さんが聞けば、首を横に振る。

『完全体の本は、足がつきやすいの。宝石と一緒よ』

窃盗犯は、転売するにあたって、よりにもよって本を裂いたのだ。一ページごと、骨董品《こっとうひん》としてバイヤーにさばかせた方が儲けがいいと踏んだのだろう。

額に入れられ飾られて、そうされれば芸術品としての価値が宿るとでもいうのか。

裁判で賠償の訴えをおこせば、相応の金は戻るかもしれない。

けれど、バラバラになった本は。

ワルツさんも悔しそうだった。一方で、悔しそう、で済んでいるのは、その本がサエズリ図書館の蔵書ではなかったせいではないかと、千鳥さんは思ってしまった。

奪われたものはあったが、ひとまず、彼女の本は守られたのだ。

そして奪われたのは、それだけではなかった。もっと大きなもの。より、かけがえのないもの。

『降旗先生の、右手』

告げるワルツさんは、やりきれない顔をしていた。

『後遺症が残るそうよ』

千鳥さんは再び、目の前が真っ暗になるような錯覚を覚えた。心臓発作の影響が脳にまで達していたのだという。犯人が、すぐに救急車を呼んでくれていたら……。その仮定は、あまりに無意味すぎる。けれどそれでも、あまりに無念すぎる、と千鳥さんは思わずにはいられなかった。

先進医療をつぎ込めば、もしかしたら治るのかも知れないけれど。

降旗先生は、それはのぞむまい。確かめるまでもなく、千鳥さんにもわかった。

彼はもうずっと、修復家という呪縛から逃れたがっていたのだ。あまりに、天職として才を持ちすぎてしまったが故に、他の生き方を見つけられなかったから。

間に合わなかったのかもしれない、と千鳥さんは思う。わたし達は出会うのが遅すぎたし、彼はあまりに老いすぎていた。その年の差を十二分にわかっていたはずなのに、あまりにまばゆかったから。あまりに、その手が鮮やかだったから。

現実から目を背けて、夢を見てしまった。

『図書修復家に。あなたの弟子に、なりたい』

その気持ちは今も、変わりはなかったけれど。あの鮮やかな手を失った、降旗先生に、それをつきつけるのは。

あまりに酷だろうと千鳥さんは思った。

(働くことは、生きることだ)

じゃあ、あの人は、一体どうして、生きていくのだろうか。

(そして、わたしは)

どうやって、生きていける?

しばらくは図書館に姿を見せなかった千鳥さんだったけれど、年末年始家にこもってどうしても気が晴れず、年明けには復帰することにした。

家にいる間、繰り返し見たのは図書修復の画像であり、繰り返し思い出したのは降旗先生の鮮やかな仕事だった。

何度もトレースし、何度も蘇らせる。そして、本に触れたいと痛烈に思った。

サエズリ図書館に行くと気持ちが沈むだろうかとも思ったが、むしろ、久々の本のにおいは心を楽にした。そして、しみじみと、自分はすでに本が好きになっていたのだと思い返した。

「お久しぶりです。明けましておめでとうございます」

とワルツさんはいつものように微笑《ほほえ》んで迎えてくれた。

今年もよろしくお願いします、と頭を下げられて、こちらこそ、よろしくお願いしますと頭を下げ返した。そして結局、返そうとしたエプロンをまた身につけていた。

図書館で会う顔馴染みの人の中には、学校の先生である古藤さんもいた。会釈をしたら近くに寄ってきた。

「久しぶり。元気？」

その言葉には、曖昧《あいまい》に笑って答えるだけだった。

「先日は愚痴《ぐち》を聞かせて、ごめんね」

開架で会ったから、小声で古藤さんは千鳥さんに囁《ささや》いた。

「娘、学校に復帰したわ」

千鳥さんが見返すと、古藤さんは少し照れくさそうに肩をすくめた。

「ワルツさんから借りた本が、効いたみたい。あとそれから、今年は正月一緒にいられたから。どっちが特効かなんてわかんないけどさ」

そう呟く古藤さんに、「よかったです」と千鳥さんは心の底から言っていた。

「本も、お母さんも、効いたんですよ」

その言葉に、あはは、と古藤さんは笑って、千鳥さんの肩を叩くと。

「わたしも、効くようなもん書かないとなぁ……」

と、そんな呟きをひとつ、残して去っていった。

その意味はわからなかったけれど、千鳥さんはため息をついて、あの時書庫で、頑張ってと励まされたことを思い出す。就職活動、しなくちゃいけないなと自分に言い聞かせた。

あれほど肩に入っていた力が抜けたのを感じた。心のどこかで、自棄《やけ》にもなっていたのかもしれない。

図書修復家でなければ、多分どんなものでも一緒だろう。どんなものでも、それなりのやりがいがあるし、それなりの悩みがある。

そして、つらいことがあっても、多分、本があれば乗り越えていけるんじゃないか。この図書館があれば。

そういう風に思うことが出来た。

夕方、本の配架と修復をあらかた終えて、千鳥さんは自分の端末を眺めていた。いくつか企業エントリの返事が来ていて、小さな端末で見るには疲れてしまったので、図書館の開放ＰＣからアクセスをしていると、鈍く感じていた頭痛が徐々に強くなっていくのを感じた。

薄々まずさは感じていたが、帰宅してからは読書だけをしていたくて、無理を押して用事を済ませていたら、軽い吐き気がしてきた。いつぞやのデジャビュを感じ、慌てて立ちあがるも遅く、目の前をスパークするような光が飛び交い、しゃがみ込んで膝を抱える。

ぐわんぐわんと頭が鳴って、それとはまったく別の意識で、本当にだめだなぁと泣きたい気持ちになった。

（本当に）

若くたって、しんどいよ、先生。

そういう風に心の中で呼びかけた、その時だった。

「千鳥さん？」

肩を叩かれ、軽く揺すられた。青白い顔に脂汗《あぶらあせ》を浮かべて、焦点をなんとか合わせると、降旗先生でも岩波さんでもない、若い、女の人。

「大丈夫ですか⁉」

会ったことがある、と濃霧のかかった意識の中で千鳥さんは思う。犬が、好きな……。

「森屋《モリヤ》さあん、ちょっと！」

上緒さんが、大きな声で別の人を呼んだ。

「ワルツさんを呼んでください！　千鳥さんが……！」

その服の裾《すそ》を、千鳥さんが引いた。

「いえ、大丈夫です。大丈夫」

頭の隅で、全然大丈夫じゃない、と思った。本当に情けない。いつまでたっても、たとえば面接でうまい嘘がつけるようになっても。

こんなんじゃ、自分が社会不適合者なんじゃないかって、思えてしまう。

「薬を、飲めば……ううん、飲んでも、しょうがないんです。仕方がなくって……。こういう風に、なってしまうんです」

「とりあえず、ソファ、行きましょ？　ね？」

上緒さんは最初に出会った印象通りに、とても世話焼きな人のようで、千鳥さんを立たせてくれた。

「どうしたんだ」

次に近くから、また違う人の気配がした。男の人。森屋さん、と上緒さんが言うのが聞こえた。

「手、貸してください！」

見知らぬ男の人に腕を取られるのは別の意味で緊張したけれども、近くのソファに座って頭を下げるとずいぶん楽になった。

「本当に、病院とか、大丈夫なんですか？」

千鳥さんは首を横に振る。腕で覆った目がチカチカしている。

「いつもの、ことで……」

「いつものことだったら、余計なんとかしなきゃいけないだろう」

ぴしゃりと男の人の声で叩かれたような気持ちになって、じわりと目頭がうるんでしまう。

「病院、行ってもわかんないんです。ストレスだろうって、言われる……」

「そうですよ！　女の子は繊細なんです！」

上緒さんが千鳥さんを擁護《ようご》するように森屋さんに嚙みついていった。森屋さんは少しむっとした空気で、千鳥さんではなく上緒さんに言う。

「ストレスにも原因があるだろ。学校がつらいとか、仕事場でなにかしたらつらいとか……人間関係とか。この図書館にはそういうもの、あるとは思えないんだけど」

「わかり、ません……。端末に……集中して触れると、いつも……」

森屋さん、言い方が優しくないです！　という上緒さんの注意そっちのけで、森屋さんはその言葉に、なにかひっかかりを覚えたようだ。

「端末？　いつも？」

しばらく考えて。

「頭痛からはじまる、目眩《めまい》と吐き気？」

もう一度確認すると、しばらく考え込むように黙ってしまう。森屋さん？　と上緒さんがいぶかしげに名前を呼んだ。森屋さんは顔を上げ、千鳥さんを覗き込んで。

「アレルギー体質とか、ある?」

「……? 金属類には、少し……」

なぜそんなことを聞かれるのかわからないが、聞かれるままに答えていると、鞄を開くような音がした。

「上緒、ちょっと、端末貸して」

「端末? わたしのですか」

それからごそごそと頭の上に、なにかが置かれる気配がして。

「なにか違う? 気分でいいんだけど」

そう言われてみると、錯覚かもしれないが、なんだか目眩が強くなったような気がした。

「ちょっと……くらっと……」

顔を歪めてそう言うと、さっさと頭上のものが片付けられる。どうやら、タブレットPCと端末数台だったようだ。

「なんです? それ」

上緒さんの問いかけに、森屋さんが「確実じゃないけど」と前置きをして、自身の眼鏡を押し上げた。

「何度か、職場でこういうアレルギー症状について聞いたことがあるんだ」

「アレルギー?」

「そう」

頷く森屋さんが気になって、千鳥さんも腕を下ろし、苦労して身体を持ち上げる。隣に座って、上緒さんが支えてくれた。

「電磁波アレルギーだよ」

聞き慣れない言葉に、上緒さんと顔を見合わせる。

「アレルギーって言い方も、正しくはないらしいけど……。電磁波過敏症、だったかな。この国では医学的に正しくは認められていない症例だけど、海外では難病に指定している国もある。簡単に言えば、機械から発する電磁波が身体に悪影響を及ぼす病気だ」

花粉症や、金属アレルギーみたいに、と言われて、千鳥さんが口元を覆った。

「けど、難儀なんだよな」

ぼりぼりと首の後ろをかきながら、言いにくそうに森屋さんは言う。

「俺は、特にシステム屋をしているので、端末から逃れられないけど、今の仕事なんて大体がそうで、アレルギー持ちの友達は、田舎《いなか》で農業でもやるしかないって言ってた。それでも、今は電子端末が使えなかったら、いっぱしの仕事になんて」

「大丈夫ですよ！」

森屋さんの言葉を遮《さえぎ》るように、こぶしを固めた上緒さんが声をあげた。

「大丈夫なんですよ、森屋さん！　千鳥さんは、図書修復家になるそうですから！」

その言葉に、驚いたのは千鳥さんの方だった。せわしない、ほんの一度きりの会話を、覚えていたとは思わなかったのだ。

けれど上緒さんは、なんの根拠もなく自信を持って、森屋さんに言った。

「伝統の手仕事！　だから大丈夫なんだと思います！」

「……へぇ」

森屋さんは、その言葉に眉を上げて、意外そうな顔をしたけれど。ほんの小さく、笑って。

「天職じゃないですか」

そう、千鳥さんに言った。

その言葉が、頭の天辺から千鳥さんに染みていった。髪の先、足の爪先まで、めぐって、心臓に届いて。

そして、それから、涙になってこぼれた。

「森屋さん、泣かした……！」

「えっ！」

慌てる二人に、そうじゃないんです、と千鳥さんは言うけれど、流れる涙は止まることを知らない。

こんなことがあっていいと思うか？

本当に、あっていいと？

何度も千鳥さんは、自問する。

たったひとつでよかった。理由が欲しかった。自分が、仕事を選ぶ理由。そして、仕事が自分を選ぶ理由だ。

天職ってなんだ。

天が、神様が、なにを、決めてくれるっていうんだ。

(でも、そうならいい)

たった一個でいい。取るに足らないような些末《さまつ》なことで、構わない。好きな気持ちははっきりしてる。やりたいことも、嘘じゃない。でも、思い込みじゃなくて、願いとか、祈りでもなくて。

……天職だねって、言われたかった。

それが、こんな形で叶うなんて。

神様はなんて理不尽なんだと、千鳥さんの涙が、いくつもこぼれて落ちた。


それから千鳥さんは、森屋さんのすすめを受け、両親とともに電磁波の影響などに詳しい病院を訪れた。

血液検査などでわかるものではないため、確実ではないが、諸々の症状はほぼ一致し、軽い薬と食事療法がすすめられた。

それらの治療で改善することもあれば、改善しないこともある。気長に付き合っていくしかないと言われ、千鳥さんは両親に、就職を待って欲しいと正直に言った。

両親も、長らく娘の不調が病気であることに気づかなかったことを謝り、ひとまず生活が落ち着くまではと許してくれた。

そして、千鳥さんはといえば、毎日毎日、サエズリ図書館にボランティアスタッフとして通っている。

通ってはいるけれど、図書の配架の業務を行うことはなくなった。サエズリ図書館に着くと、ロッカーに荷物を預け、エプロンをかけて、小会議室に行く。

そこには、まだ修復途中の本が並んでいる。

軽い劣化から、大規模な修繕を必要とするものまで。ゆっくりと、その一冊一冊に手をつけていく。

テーブルの斜め上には、いつも端末が置かれて、電磁波の影響が薄い距離から、千鳥さんの修復の様子を映像におさめていた。

写真でもよかったし、解像度だけ見ればそちらの方が鮮明に見えるかもしれなかった。けれど、不鮮明でも、データが重くなっても、流れる時間と、この空間に捧げた集中を見て欲しかった。実際に、見てくれるかはわからない。メールボックスさえ、もう開かれないかもしれない。それでも、他でもない自分のためにそうしたかった。

言葉より絵。絵よりも写真。写真よりも、映像。

本当は、映像ではなく、実物が一番いいのだけれど。

「部屋、寒くないですか?」

小会議室に顔を出したワルツさんが千鳥さんに尋ねる。寒いくらいがちょうどいいです、と千鳥さんは返した。

この冬一番の雪が積もった日だった。外から珍しく、犬の鳴き声がした。ワルツさんはちょっと肩を揺らしたけれど、千鳥さんと目が合うと、お互い吹き出すように笑った。

「雪が嬉しいのね、きっと」

その気安い言い方に、千鳥さんは自然に尋ねることが出来た。

「名前、決まったんですか？」

ワルツさんは窓辺に歩き、ブラインドから少し明るい光をいれながら、答える。

「ポルカ」

振り返って、少しだけ悪戯《いたずら》っぽく笑って。

「わたしがワルツで、警備員さんがタンゴくん。そしてあの子が、ポルカ。可愛いでしょう？」

そう、自慢するように言った。

鮮やかな笑顔だと、千鳥さんは目を細めた。

ひとが、いつまでも、ずっと同じ場所で、同じようにいるなんて幻想だと思う。いつか、変わっていくのだ。

生きている限り。そう思いながら、静かな気持ちで千鳥さんは本に刃をいれる。それだけの行為だけれども、慣れてしまったなと思いながら。

ただ、淡々と。

それから、雪解けがゆっくりと春を連れてこようとしていた、明るい午前のことだった。

いつものように千鳥さんが、傷みが激しくなった補修本を書庫から小会議室に持ち出してくると、小会議室にひとり、先客がいた。

ブラインドを開けて、明るい陽の光が差し込んでいた。だから、一瞬誰かわからなかった。

(まぶしいな)

ただ、そう思った。片方だけの眼鏡。小柄な身体。見事な白髪《しらが》。原色のスカーフ。細身のスーツ。それから、以前は持っていなかった、杖をついて。

そこに真っ直ぐ立っていたのは、降旗庵治《オウジ》だった。

夢でも見ているのだろうかと、月並みなことを、千鳥さんは思う。その一方で、いつかこの日が来るのを待っていたようにも思うのだ。

「どうしたんですか」

病室以来、ずっと会ってはいなかった。ワルツさんにも、尋ねることが出来なかった。

「身体は、大丈夫なんですか」

自分の声が震えるのが恥ずかしかった。ああ、なんだか泣きそうだと思う。まぶしくて、明るくて、泣きそうだ。

降旗先生はといえば、千鳥さんの言葉に軽く肩をすくめて、

「さあな。いつまた発作で死んでもおかしくはないそうだ」

と投げやりに言った。千鳥さんは唇を嚙む。再会の喜びを上回る、怒りに似た気持ちだった。病人じゃなかったら、持っていたのが本じゃなかったら、投げつけてやりたいと思うくらいだ。

けれど降旗先生は、緩慢《かんまん》な動作で、主に左手を使い、自分の鞄を開く。

そして、一枚、また一枚と、古い紙をテーブルに並べはじめた。

一目見るだけでありありとわかる、ひどく古いそれらの紙が、なにかと思い、そしてすぐに思い当たって、声をなくした。

「なんとか市場からかき集めた。盗難された稀覯本、その、ばらされたページだ」

まだ、歯抜けのものもあるが、と降旗先生は淡々と告げる。

「これは、わたしが直さねばならんものだ」

仕事でさえない。それが、生きていく上での責任であると、降旗先生は告げ、千鳥さんは、心臓が震えるのがわかった。おそれではない。武者震いのような、切実ななにかだ。

降旗先生は、まだ直そうとしている。働こうとしている。生きようとしている。

右手は、まだ、不自由なままだけれど。

そして降旗先生は、その部屋全体を見回し、特に乾燥棚を舐《な》めるように見た。そこに並べられているのは、昨日千鳥さんが補修した本達だ。

自己流で、まだまだ、簡単なことしか出来ないけれど。それでも、今はこれしかやりたくないと、千鳥さんは思っている。

自分が送り続けた補修の映像を、降旗先生が見たのか、どうか。それを千鳥さんは聞くことが出来なかった。

そんなことは、些末なことだ。今、ここに、降旗先生がいて、そして千鳥さんの仕事を、見てくれるのならば。

もう充分だとさえ思えた。

そして、降旗先生は、千鳥さんに向き直り。

「弟子は、取らん」

何度も告げた言葉を、もう一度。ただ、今回は、それにつなぐ言葉があった。

「――しかし、手は、欲しい」

その言葉は、きらきらと舞う光のように千鳥さんには感じられた。

耐えられない、と思った。もう十八歳も過ぎたというのに、成人式だってちゃんと終えたのに。こんなに泣けて泣けてどうするんだと思う。涙腺が、馬鹿になってしまったみたいだ。

でも、出来ることなら、声をあげて泣きたかった。理由なんてない。ただ、感情を爆発させるように、わんわんと泣いてしまいたかった。

そんな千鳥さんに、降旗先生は困ったように言葉を探したが、俯き、自問するように言った。

「若い身空を、捧げてくれ、と。その価値は、この仕事に……わたしに、あるだろうか」

そんなの聞かないで欲しい、と千鳥さんは思う。今更。今更！

自分が、どれだけ望んで、どれだけすがって、どれだけ悩んだか、知らないわけもないだろうにと、千鳥さんは言葉も返せずただ泣いた。

世界は遠からず終わるかもしれない。

それでもいいと、千鳥さんは思った。

世界は終わるとしても、今の自分は明日を生きなければいけない。世界は終わるとしても。

終わる世界に、本が、残るかもしれない。

命の限り、本を直せば。誰かがそのあとを、つないでくれるかもしれない。そのためには、降旗先生を、ひとりにするわけにはいかないのだ。

ひとりで、この世を去らせるわけにはいかないのだ。

そう思いながら、けれどなにも言葉に出来ず、ただ嗚咽《おえつ》をあげる千鳥さんに、降旗先生は大きく深呼吸をした。そして、それから、頭を下げた。子供のように、孫のように年の差のある娘に。

どれだけ拒絶をされても、教えを乞うた、ひとりの若人に。

「不躾《ぶしつけ》を承知で、頼みたい。そして、改めて、ひとつ、お礼を言っておきたい。かつてのわたしには、言えなかったことだ」

まだ動く手で、近くに置かれた、本の表紙をなでて。

「この仕事をやりたいと、言ってくれたことを、心から、感謝する」

自分が命を懸けてやってきた仕事だから。誰にも渡す気はなかったけれど、誰かに、やりたいと言ってもらえて、嬉しかったと。

「……聞きたくありません」

そこではじめて、千鳥さんは涙声を出して言った。まだ、嗚咽は止まらなかったけれど。

「そんな、遺言みたいなこと、聞きたく、ないです」

もしかしたら、降旗先生はそのつもりだったのかもしれない。だからこそ、千鳥さんは言っておかなければならなかった。

先生の右腕。そうなることに、ただひとつの異存もない。

……けれど。

「条件が、ひとつだけ、あります」

それを聞いてもらえなければ、右腕にはなりませんと、千鳥さんはかたくなに言った。

働きながら、生きること。その覚悟を決めたから。

先生にもまだ、諦めてもらうわけにはいかないから。

＊

ボーン、と部屋の柱時計が十二時を指した。千鳥さんは顔を上げ、曲げがちだった腰を伸ばし、伸びをした。

午前の修復作業はここまでだろう。大体の目算の通りに済んだと息をつく。それから千鳥さんは備え付けボンベを使って、お湯を沸かし、インスタントのお茶をいれた。

この作業室には、電磁波が出るようなものはなにもない。時計でさえ、古風なネジ巻き式に替えてもらった。材料は新しい素材を使うこともあるが、手仕事の道具は皆年季の入った古いものだ。

獣の骨からつくられた、へらをなでながら、まったくここは快適な場所だと千鳥さんは思う。実家で眠る部屋よりも長くこの部屋にこもることもあるほどだ。

千鳥さんは降旗先生の仕事を継ぐ形で、図書修復家になった。まだ師匠である降旗先生には遠く及ばないが、仕事の集中力だけならば負けてはいないと自負している。

実際になってみれば結局、これが、天職だったのかどうかはわからない。答えが出たところで、なにが変わるわけでもないと思う。

『ただ、理由が欲しかったんです』

と千鳥さんはサエズリ図書館にエプロンを返す日に言った。もうボランティア活動は出来なかった。これからは、サエズリ図書館を訪れるのは利用客か……仕事相手としてになるだろうから。

『たったひとつでよかった。この仕事だ、って心に決める、理由が欲しかったんです』

そう言えば、誰もが認める素敵な図書館司書であるワルツさんは、それこそ春のように笑って。

『でも、理由、もうあったと思いますよ』

と言ってくれた。

『先生のこと、好きになったのでしょう?』

それだけで、充分な理由です、とワルツさんが言うので。千鳥さんは照れくささを隠すように、頬をかいた。

それから、もう聞かないだろうと思っていたことを、聞くことにした。

『ワルツさんは』

どんな答えが返っても、受け止めようと思いながら。

『降旗先生のこと、好きだったんですか』

たとえば憧れという感情。思慕というあたたかさ。なにより、一番愛したものを、ひとを、失ったあとに、似た誰かを代替《だいたい》として求めたとしても、なにも不思議ではないと千鳥さんは思ったのだ。

その時、かすかに警備員さんが頭をよぎったけれど、千鳥さんは顔に出すことはしなかった。千鳥さんの問いかけに、ワルツさんは驚いたように眉を上げ、なにかを言おうとし、それからやめて、吐息のように浅く笑った。

『古藤さんが、前にね、言ってたんですよ』

本は薬になる、って。

その話は、千鳥さんも知るところであったから、ワルツさんの言葉の続きを黙って待った。

ワルツさんは、少しばかり下がった髪を、耳にかけるようにして。

『本が薬になるとしたら』

ふわりと笑うと、はっきりと告げた。

『わたしはもう、とうの昔に中毒なのでしょうね』

だから、わたしには、今はまだ、本だけです。

淡い泡沫《うたかた》のようなワルツさんの答えは、千鳥さんの胸にすうっと染みいった。その言葉を餞《せん》別《べつ》にするようにして、千鳥さんはサエズリ図書館をあとにした。

そして千鳥さんは、図書修復家になったのだ。

あたたかなお茶を充分に冷まして飲み終わる頃、作業室の扉が開かれる。そうして現れた小柄な姿に、千鳥さんは立ちあがった。

「おはようございます。先生」

「もう昼だろう。その挨拶は嫌味かね！」

今日も年齢を感じさせない降旗先生ではあったけれども、近くに来ると病院の残り香がある。

「いいえ」

けれどそのことの方に千鳥さんが安心して、笑いかける。ふん、と降旗先生は鼻を鳴らして、

「食事が済んだらはじめるぞ。今日は新しいことを教えるからな」

と言った。

「はい」

千鳥さんはそう、明るく返事をする。

千鳥さんが降旗先生のもとで働き、その右腕となるために、出した条件はひとつきりだった。

『長生きを、してください』

一分でも、一秒でも長く。そしてそのための労力は惜しまないでくださいと。

まだ、ずっと、これからも。一緒にいたいから。

そしてそれを降旗先生は守り、胸にキーパーを埋め込み、毎日の病院通いは欠かすことがない。

朽ちない本はないし、死なない人もいないのだろう。

けれど、それは、大切にしない理由にはならない、と千鳥さんは思う。一冊だけの本。ひとりだけの、あなたと。

命の限り、生きていくために。

サエズリ図書館のチドリさん

終

第四話　サエズリ図書館のサトミさん

サエズリ図書館は、さえずり町のはずれにある真新しい私立図書館だ。丸いフォルムを持つ近未来的な外観が鮮《あざ》やかな緑樹に囲まれている。利用客でさえこの図書館が公共のものだと思っていたりするが、完全な個人経営の法人だ。そのため、開館まで並ばない苦労があったりもした。けれど今ではのどかな街に馴染《なじ》んで、遠方から訪れる利用客も多い。

図書館の責任者は割津《ワルツ》さんと言い、アルバイトかと見紛うまだ若き淑女《しゆくじよ》である。胸のネームプレートには洒落《しやれ》た字で「ワルツ」と書いてあるので、人は彼女をワルツさんと呼んでいる。蔵書の管理に命を懸ける彼女に代わり、日々貸し出しカウンターに座るのは、この図書館開館時にワルツさんが直々に雇用した図書館員だった。ネームプレートには「サトミ」と書かれているので、サトミさんと呼ばれる。厳密には違うが司書さん、と呼ばれたり、口の悪い近所の小学生にはオバサン、ババアと呼ばれたりもする。普段は強面《こわもて》のサトミさんだが、そう言われる時には少しばかり唇《くちびる》の端を曲げて、笑う。

サトミさんはまだ五十過ぎだが、年齢よりもかなり老けて見える。白髪《しらが》が多いからと、残った黒髪も白に染めておかっぱにしている。身体《からだ》に余分な肉はなく、少し骨が浮いている。そして乾いた肌には深い皺《しわ》が刻まれている。制服としているベストの下にはいつも少し厚手のタートルネックを着ていて、タイトスカートの下は黒いタイツだ。真冬でも夏でもその装いは変わらない。銀のフレームの眼鏡《めがね》の奥の瞳は切れ長で、気難しい印象を与える。そして実際気難しい。比較的ドスのきいた低いかすれ声で、「返却日、遅れていますよ」などと言われようものなら、利用客は思わず腰を九十度曲げてしまうことだろう。

サトミさんは四角四面の仕事ぶりだが、サエズリ図書館の日常はゆるやかだ。利用する客も常連が多いため、資料案内や予約業務を行ううちに顔見知りになる。

四月の半《なか》ば、昼下がりのことだった。サエズリ図書館の日中の人影はまばらだ。

「サトミさん、お久しぶりです」

図書館を訪れたのは若い青年だった。

「あら」

とサトミさんは口の中だけで小さく呟《つぶや》いた。表情はあまり変わらなかった。「こんにちは」と静かにつなげた。お久しぶりですという言葉には、心の中だけで頷《うなず》いた。確かに久しぶりだった。

青年の名前は本多《ホンダ》くんといった。

すっぽりかぶったニット帽も、フードつきのジャケットも、色を抜いた髪も若々しい。実際サトミさんにとっては息子ほどの年齢の、図書館常連利用客だった。

ここしばらく顔を見せないうちに少し痩《や》せたようだ。その印象にサトミさん自身が驚いた。やれやれ、保護者でもないのだからと心の中でため息をつく。サトミさんは独身である。

「重そうな荷物ね」

ちらりと本多くんの手元を見てサトミさんが言う。

「新しいチラシか、なにか？」

本多くんはさえずり町から電車で一駅の街でアマチュア劇団員をしている。大学時代から続けているそうだ。その劇団のポスターやチラシを、本多くんの頼みで図書館に掲示、配布するようになった。「お礼にもなりませんが」と渡されたチケットで、サトミさんは同僚で上司のワルツさんと一緒に公演を見に行っている。本多くんは若いのに折り目正しい誠実な青年だった。

「いえあの、今日は」

本多くんは困った風に笑って、紙袋をカウンターに置いた。

「本の寄贈を、受け付けて欲しくて」

その言葉に、サトミさんは椅子から立ちあがる。座っているとわからないが、サトミさんは長身だった。若々しい本多くんとさほど目線の高さに違いがない。

上から覗き込んで見れば、紙袋の中身は確かに本だった。取り出そうとして、サトミさんの節くれ立った手が止まる。

そしてそれきり、沈黙してしまった。

本多くんは手のひらに、じわりと汗がにじむのを感じた。

「あの」

沈黙を誤魔化《ごまか》すように、本多くんは早口に言う。

「あの、この図書館ってあんまりなかったっすよね。それとも、こういうのは受け付けてなかったっすか？」

若々しい本多くんは、実に若々しい言葉を使う。

「……だめじゃないと、思うけど」

サトミさんの返事に、本多くんはほっとした。サトミさんが手にしたのは使い古された戯曲集だった。シェークスピアなど古典から、学生演劇の本まで、大量にある。コピーをするために使ったので、どれも少し開き癖がついている。

「ずいぶん使い込んであるわね」

「あ、やっぱ、そういうのだめっすか？　書き込みとかは、してないつもりなんすけど……。だめだったら、捨ててください」

「もらい手はないの？　他の、団員とか」

サトミさんのなにげない言葉に、本多くんはわざとらしく笑った。劇団員らしからぬ、不自然な笑いだった。

「いやー、さすがに俺もう、二十五で、いい加減にしろって、やっぱ。ははっ。他のやつらにやればいいんだけど、なんか言い出しにくくって。なんか、みんなのモチベーション下がっちまうかもしんないし」

長男なんすよ、と言う本多くんには、聞かれたことに答えたというよりも胸のうちを吐き出す独白めいた響きになっているという自覚があった。黙ったままのサトミさんがどう思ったかは、わからない。

本多くんは即興《アドリブ》で、サトミさんの目を見ずにべらべらと喋《しゃべ》った。

「いやー。夢追い人ってね、かっこいいけど、やっぱちょっときっついもんがありますね。結構説教されて、俺も絶対折れねーとか思ったんだけど、最後には親泣いちゃって、やーそんなのはじめてで。ぶっちぎり凹《へこ》んだっす。それで考え直しちゃう自分に凹むなーっていうか。塩嘗《な》めてでもやってくつもりだったんすけどね。劇団なくても、俺、やっぱ好きだったたし。好きだったくせにそんな簡単にやめんのかーって。あ、こんなこと言ってんの、恥ずかしいですよね」

「いいや?」

サトミさんは特に顔色を変えず、本多くんの戯曲集を検分していた。

その自然な仕草に、本多くんは肩の荷が下りるのを感じた。こういう人が舞台にいてくれると演《や》りやすいんだよなと思って、その思考にまた少しブルーになった。

感傷的になっているとわかっているつもりだった。少しでも気を抜けば、あの埃《ほこり》っぽい練習場の空気や、舞台に上がる前の緊張感を思い出してしまいそうだ。

家を出てひとり暮らしをして、大学で難儀なものに出会ってしまった。そのせいで一年留年して、卒業しても手放せずにろくに就活もしなかった。大変ではあったけれど、天職を見つけたと思った。一生を懸けられる、と思ったのだ。

舞台が好きだった。同じくらい演じるのが好きだった。

好きだからずっとやっていけると思っていた。

若かったんだなあと、生まれてはじめて思ったりした。鼻をすすって鼻下を指でこすって、自分が恥ずかしい、けれど恥ずかしくてもしょうがない、という気持ちになってしまった。数年前なら、そんな恥ずかしいことは死んでも出来なかったはずだった。

「……どんなにしたくても、出来ないことって、あるんすねー……」

サトミさんが反応しないのをいいことに、本多くんはそんなことまで口走っていた。

二人はさほどに長い付き合いではなかったけれど、本多くんはサトミさんがあまり他人に干渉しない人だと認識していた。

けれど、サトミさんは手元の作業を休めないままに小さく言った。

「そんなことばかりよ」

本多くんの軽口よりも、深い響きがあった。

本多くんの顔から火が出た。子供だからって聞き流してはもらえなかった。恥ずかしい言葉に、真面目《まじめ》に返された。

「すんません。生《ナマ》言って」

サトミさんが眉《まゆ》を上げた。そして二呼吸ほど置いて、「ナマ」が「生意気」だということに気づいたようだった。ジェネレーションギャップを慎重に嚙みしめるように、ゆっくりと言う。

「謝ることではないと思うけれど」

「や、だって、やっぱ、恥ずかしいし。俺みたいな若造が。サトミさんっつったら、人生の先輩ですし」

本多くんのいた劇団は、先輩を敬う若干体育会系だった。

「人生ってそうっすよね。そういうもんすよね」

「そういうものだけど、でも」

サトミさんはまつげの短いまぶたを下ろして、はっきりと言った。

「諦《あきら》めないほうがいいわ」

本多くんははっとした。

これが、劇団仲間からの説得だったらここまでショックを受けなかっただろう。彼らや彼女らが「諦めるな」と言うのなんて当たり前だ。諦めてない仲間には、そんな言葉がよく似合う。けれど、それこそ親ほどの年齢のサトミさんにはっきりと諭されるとは思っていなかった。

思わず本多くんは頰をかいて、「いや、だって」と言った。

「やっぱ、ちゃんと、働かないと……」

「働いた方がいいわよ」

今度はサトミさんはそう重ねた。

「いつまでも親に心配をかけるわけにもいかないでしょう。親を安心させると自分も安心するものよ。ちゃんと働きなさい」

「……でも！」

サトミさんは今言ったじゃん！　諦めるなって！　と返そうとしたが、言葉をすべりこませるのはサトミさんの方が早かった。

「でも、諦めなくたっていいじゃない」

目を伏せたままで、サトミさんは言った。

「――いつか春が来るわ」

その言葉に、本多くんは耐えられず、口元を歪《ゆが》めた。

がっかりした。がっかりするような誤魔化しの常套句《じょうとうく》だ。いつか春が来る、だって？　実際今も、図書館の外には春の盛りが来ていた。ガラス張りの壁の向こうには、萌える緑と満開の桜だ。こんな風に、人生にもいつか必ず春がめぐって来るだなんて、本多くんには到底思えなかった。

「……そう、っすね」

本多くんは落胆を押し殺し、ぼそぼそと呟《つぶや》いた。叱られた子供が、渋々謝罪を口にするようだ。

サトミさんは笑った。

若いなあと、思ったのかもしれなかった。

「わたしも、実はなりたいものがあった」

本を紙袋に戻す音を立て、サトミさんが言う。本多くんが顔を上げる。

「でも、なれなかった」

サトミさんは目を細める。目の前に立った、挫折《ざせつ》も鮮やかな本多くんに、自分を重ねているようだった。

「どうしてなのか。親のせいだったのかもしれないし、社会のせいだったのかもしれない。わたしの勇気がなかったせいなのかもしれないし、自分の生き方を信じきれなかったせいなのかもしれない。理由はたくさんあると思う。なれなかったのよ。なりたかったけど、なれなかった」

本多くんは半分口を開いたけれど、言葉にはならなかった。

「だからかわりに、がむしゃらに仕事をしたわ。商社勤務だったのよ。海外にだって何度も渡った。なりたいものは諦められなかったけれど、それを忘れようと仕事に打ち込んだ。そしてある日、鏡を見たら……」

ここでひとつ呼吸をして、特別なことのようにサトミさんは言った。

「老けていたのよ」

静かに薄く笑いながら。

「同期入社の同僚達より、五割増しくらいで老けてた。ほんと、背中を丸めて歩いていたらジジイかババアかわからなくなってた」

本多くんは今度こそ、返す言葉がなかった。

絶望的だと思った。夢も希望もない話だと思った。どうしてそんな話をするのかわからなかった。本多くんもいつかそうなると言いたいのか？　けれどサトミさんはそこで、耐えきれないというように軽く笑った。快活な笑い方は、今まで本多くんが見たことのない仕草だった。

「嬉しかった」

「え？」

「ああ、思い出しても本当に……辞表を叩きつけた時の清々《すがすが》しさといったら……」

「ああ、なんだ」

仕事を辞められることが嬉しかったのか、と本多くんは思った。確認のためにそれを口にすると、「いいえ」とサトミさんが首を横に振る。そしてはっきりと言った。

「老けたことが嬉しかった」

本多くんは不思議そうな顔をした。全く意味がわからなかったので。

サトミさんは愉快に笑っている。いつかのことを、思い出すように。

「本多くん」

サトミさんは言いながら、カウンター机の棚から自分のものらしい鞄《かばん》を取り出した。全く色気のない、黒のセカンドバッグだった。

「安心なさい。夢なんて、諦められるなら諦めたほうがいいし、諦められないのならどうしたって逃げられないから」

諦めることを諦めなさい、と、サトミさん。

「人生は、長い」

そしてサトミさんは財布を取り出すと、中から黄色いケースの運転免許証を取り出し、カウンターの上に置いた。

「餞別《せんべつ》」

小さな身分証を視線で追う、本多くんの目がみるみるうちに丸く大きくなっていく。サトミさんは愉快そうに笑った。

「で、どうする？」

「え、え……ええっ？」

情けなく口を開けて、目を白黒させている本多くんに、サトミさんは追い打ちをかけた。

「この本、どうするかって聞いてるんだけど」

ぐいっと前に押し出す仕草に、思わず本多くんは受け取ってしまって、紙袋とサトミさんを交互に見た。

そして笑っていいのかため息をついていいのか、自分でもわからなくなりながら、「ありがとうございます」と言っていた。

今日の会話を最初から最後まで思い返し、上から下まで、サトミさんを見た。

「……春、来ますかね」

「私は、来た」

これ以上の説得力はない言葉だった。本多くんはもう一度、「ありがとうございます」と深く頭を下げて、他の職員にもよろしくと言い、結局戯曲集を持ち帰ってしまった。

サトミさんの秘密を一つ、餞別にして。

来た時よりも、幾分軽い足取りになって。


本多くんの背を見送ると、サトミさんは軽く息をつき、カウンターの椅子に深く腰掛けた。

うららかな日差しが差し込んでいる。外に吹く風を受けた木はパステルカラーでまばゆかった。窓際の水槽では熱帯魚がプヨプヨとした泡を吐いていた。

タイトスカートの膝《ひざ》の上に、自分の免許証を置いて、骨張った膝をなでた。そうして遠く外を見て、小さく独りごちる。

「……人生の春、か」

膝に置かれた免許証。そこに書かれた名前は——里見《サトミ》敬二《ケイジ》郎《ロウ》。

彼は、この図書館で、口の悪い近所の小学生に「ババア」と呼ばれることが、なによりも嬉しかった。

そう、まるで、春の訪れのように。

第四話　サエズリ図書館のサトミさん
終

第五話　電子図書館のヒビキさん

さえずり町と呼ばれる街がある。

美しいその街には、美しい図書館があり、そこには、素敵な司書さんがいる。

割津唯《ワルツユイ》という名の年若い司書さんは、紙の本への愛に溢《あふ》れ、図書館利用者から、親しみを込めてこう呼ばれている。

サエズリ図書館のワルツさん、と。


本は変温動物だ。

だから、冬の本はひやりと冷たい。

その年、さえずり町に雪が降ったのは、新年が過ぎてしばらくしてからだった。ひと昔、ふた昔前の街の冬場は、除雪機での除雪作業が必要だったそうだが、近年は温暖化の影響か、ひと冬の間、積雪らしい積雪は幾度もない。

夜が静かだとばかり思っていたら、しとしととした雨は雪に変わっていたらしい。丸いフォルムのサエズリ図書館が、うっすらと白くなる。その姿を屋敷の窓から視界におさめ、朝一番にワルツさんは、自分の手をはぁっとあたためた。

爪の短い、少し乾いた手にハンドクリームを塗り込む。紙に触れて切れてしまわないように。長い髪を首の後ろでひとつにくくる。ワルツさんの朝ははやい。制服のシャツに着替えて簡単な朝食をとり、化粧はもっと簡単に、天気を確認するとレインシューズを履いて自宅の隣、同じ敷地内にある図書館へと出勤し、かかとの低いパンプスに履き替え、館内の点検を行う。まだ暖房の回りきらない館内には、本がびっしりと、寒さに身を寄せ合うように並んでいる。その静けさといじらしさがワルツさんは好きだった。

ひと通り点検が終わると、事務室の席につき、端末を立ちあげる。

つい数十分前に着信したメールがあった。

To　サエズリ図書館　貸し出し担当様

以下の書籍を電子化し、

電書貸し出しを開始してください。

出来ないのであれば、電子データを他図書館に貸与《たいよ》してください。

「おはようございます」

常勤の図書館職員である里見《サトミ》さんが、珍しく長靴で現れた。カウンター業務を一手に引き受ける、サトミさんとワルツさん以外はアルバイトとボランティアが来るくらいの、小さな図書館だった。

いつも通りの白い髪をおかっぱにしたサトミさんは、ブーツのように綺麗なシルエットの長靴を履いていた。ロッカーで室内履きに替えながら、「寒いですね」と落ち着いた低い声で言う。

サトミさんは夏でも、タートルネックと黒いタイツを身につけている。

空調の表示を確認しながら、ワルツさんが尋ねる。

「温度、上げた方がいいですか?」

「いいえ」

開館したらあたたかくなるでしょう、とかさついた唇《くちびる》に薬用のリップクリームを塗りながらサトミさんは言った。

本には湿度が大敵だから、図書館は通年、乾燥している。

サトミさんはそれから貸し出し窓口に行くと、自分の端末を立ちあげる。ひとつひとつシステムにログインをしていって、とある操作をして沈黙した。

To　サエズリ図書館　事務員様

貴図書館は私立のため、一般的な公立図書館との相互貸借《たいしゃく》が出来ません。

電書貸し出しのシステムを一刻も早く開始してください。

それがすべての人のためです。


「タンゴくん！」

通用口を開けたワルツさんが、丹後《タンゴ》くんを見つけて、声をあげた。

「大丈夫だった？　バイク」

「さすがに今日は無理」

じいさんが近くまで送ってくれた、と銀のスタッズが散らばる黒いジャケットを脱ぎながらタンゴくんが答えた。タンゴくんは図書館に勤務する人間の中では最年少で、ワルツさんよりも年下だった。高齢の祖父を継ぐ形でサエズリ図書館の警備員をしている。普段ならバイクに乗って出勤してくるが、雪道での運転はさすがに控えたらしい。

「ポルカはどう？」

ワルツさんが聞いたのは、本来サエズリ図書館の番犬として飼っている犬の名前だった。冬の寒さが特に厳しい間だけ、タンゴくんの家に間借りしている。

「朝から雪にはしゃぎっぱなしだって」

「そう」

と楽しそうにワルツさんは笑った。

ワルツさんはほっとして、図書の配架に戻った。

着替えたタンゴくんは警備服の帽子の下で、カウンターに座ったサトミさんと目が合って、

「なんすか」と聞いた。低い声も目つきの悪さも生来のもので、耳だけではなく口にまでピアスをつけているタンゴくんは誤解されがちだが（そしてそれが警備の上では都合がいいと自分でも思っているようだったが）、親子ほど年の離れている、サトミさんとの関係性は悪くない。

サトミさんはじっとタンゴくんを見て、

「……駐車場の案内、寒いでしょう。今日はジャケット、着たままでいいんじゃない」

と言った。警備は外にも出なければならない。タンゴくんがなにごとか返そうとする前に、

「もちろんあたたかくして！」と吹き抜けの二階からよく通る声が降ってきた。

タンゴくんは難しい顔をして口を引き結んだが、ジャケットを取りに更衣室に戻っていった。

路肩にはまだ雪が残っているが、施設内の駐車場はロードヒーティングが行き渡っているため除雪はいらない。

ルーティンと化した開館業務。今日は日曜日だから、朝一から来館者がいることだろう。

返却ポストの処理をして、朝の配架の対応をしている間に、開館時間となる。

「おはようございます」

一番にやってきたのは、常連である岩波《イワナミ》さんだった。初老の男性だ。「こたえる寒さだ」と

言いながら、鞄《かばん》から分厚い歴史小説を出して返却カウンターに置く。

「すぐに館内もあたたかくなると思うので、ゆっくりご覧になっていってください」

こんな寒い日は、読書に限ります。

ワルツさんの言葉に、岩波さんは肩をすくめて、「あんたらしいや」と呟《つぶや》いた。

時を同じくして、事務室の端末に、メールの着信音がした。

To サエズリ図書館　館長様

貴図書館の蔵書では、以下のものが電子化されておりません。

該当図書が現存する間に、すみやかにデータ化を進めるか、しかるべき電子図書館へご寄贈ください。

以下寄贈先です。


「ワルツさん、雪、降りましたね〜！」

午後になって、最近図書館に通い始めた上緒《カミオ》さんが元気にやってきた。雪が降ったから、楽しくなって予定もないのに来てしまったと言った。そんな気持ちで、図書館に来てくれて嬉しい、とワルツさんは穏やかに笑いながら言った。

To　サエズリ図書館　担当者様

図書館の利用を希望している者です。

他の図書館に比べ、電書化の割合が圧倒的に低く感じられます。

一日でもはやく、一冊でも多くの電書化をお願いいたします。


時を同じくして、近所に住む教師の古藤《コトウ》さんが分厚いジャケットに身を包んで図書館に現れた。

「ほんとはこんな日に出歩きたくないんだけどね」

眼鏡《めがね》の曇《くも》りをハンカチで拭《ぬぐ》いながら、ワルツさんを見つけて言う。

「ごめん、三日前に出してもらった地図資料、もう一回出してくれないかな」

冊数があって申し訳ないんだけど、とあまり申し訳なくなさそうに言う古藤さんに、「お任せください！」とワルツさんは力こぶをつくるような仕草をした。

毎日書物を持ち運び、右へ左へ上へ下へと駆け回る、その腕にも足にも目立った筋肉がついているようには見えないが、ワルツさんの手足は、その筋肉以上の働きをする。

「こちらとこちらとこちら、あと三冊、書庫にあるから取ってきますね」

すぐに資料台へと蔵書を並べるワルツさんに、いっそ呆れたように古藤さんが言った。

「よく覚えてるね」

閲覧しただけだから、貸し出し履歴にも残ってないはずなんだけど、という古藤さんに、ワルツさんはにこりと笑うと、両腕を拡げ、資料台の全体を示すようにして、

「三日前のあの時間に、この資料台に移動した本を選んできているだけですよ」

と答えた。

この図書館にいる、他の誰にも出来ないけれど、それがワルツさんに与えられた『権限』だった。

ここ、サエズリ図書館の蔵書にはすべてマイクロチップが埋め込まれている。

その各図書情報の管理、特に位置情報へのアクセス権を持つ者を――『特別保護司書官』と呼ぶ。

電書化が進み、紙の本が高騰《こうとう》した結果設けられ、より高騰した結果として今はほとんど形骸《けいがい》化《か》したこの呼称を、ワルツさんは名刺にも載せている。

この図書館において、特別に、保護されるのは、情報ではない。

書籍そのものだ。

まだ身体の芯が冷え切っているのか、古藤さんはぶるっと身体《からだ》を震わせて、その後ろをつい

ていく。

To　サエズリ図書館　特別保護司書官様

サエズリ図書館の、あらゆる蔵書へのアクセス権をお持ちのあなたへ。

図書という世界の持つ巨大なデータは、人類の進歩の歴史であり、財産であります。

あらゆる人々に「開かれた」図書館であるべきです。

図書館新法の電子図書館の法令に基づく図書館の運用を切に願います。


昼が過ぎ、図書館全体が差し込む光であたたかくなっていた。

児童書のコーナーで、ワルツさんが二人の子供を前に絵本を開いている。

「〝その日、町には温泉が噴き出して、大騒ぎになりました〟」

片方は寝転がって、片方は膝《ひざ》を抱えて、けれど必死に聞き入っている二人は、きっと兄妹《きょうだい》なのだろう。金の髪に白い肌。面差《おもざ》しの似ている、目鼻立ちのはっきりとした子供達だった。

「〝それは魔法の温泉です。温泉には、たくさんの効用があり、みんなの願いを叶えてくれるのでした――〟」

To　サエズリ図書館　割津唯様

何度メールをしても、電書化を進めていただけないことに悲しみを抱いています。

知の独り占めは、決して許されることではありません。

図書館を名乗るのであれば、その公共性を今一度考え直してください。

一刻一秒でもはやく。電書化をするか、手放すかを決定してください。

後悔する前に。


夕刻のことだった。

図書館の事務室に通じる裏口に、午後の宅配便が届いた。「ハンコお願いします」という配達員に対応したのは、休憩に入っていたサトミさんだった。

片手で持てるような軽い荷物を受け取って、しばらく、考えた。

「どうしたんですか、サトミさん」

帰りがけの上緒さんと、事務室に顔を出したワルツさんは、佇《たたず》んでいるサトミさんに声をかけた。

サトミさんは顔を上げると、

「すみません、タンゴくんを呼んでもらえますか？」

とワルツさんに言った。

「俺？」

ぬっと、ワルツさんの後ろから現れたのは、タンゴくんだった。館内を巡回していたのだろう、ジャケットは脱いでいた。

サトミさんは眼鏡の奥の、細やかな皺《しわ》の多い顔を厳しくして、つとめて静かな声色《こわいろ》で言った。

「ちょっと、荷物を開けて欲しいの。頼める？」

え？　と身を乗り出したのはワルツさんだった。

けれどそれよりはやくタンゴくんが動いた。革の手袋をした片手でワルツさんを制止すると、大股でサトミさんに近づき、荷物を受け取って包みを検分した。

「差出人の名前がないんです」

とサトミさんはワルツさんに囁《ささや》いた。ワルツさんは、不安そうな顔をしている上緒さんを開架のほうに押し戻すと、タンゴくんと距離を置きながら見守った。

「大した重さじゃありませんでしたから、おかしなものではないと思うんですが……」

呟《つぶや》くサトミさんの横顔は曇っている。

タンゴくんが袋から出したのは、緩衝材《かんしょうざい》に包まれたもっと小さななにかだった。タンゴくんが少し動物めいた動きで鼻をひくつかせた。

目の下に隈《くま》がある、常にいまひとつ顔色のよくないタンゴくんの、青白い顔がより白い。

「ワルツさん、これ」

そしてタンゴくんがワルツさんに見せたのは、ひとつの小さな箱と、黒い固まりだった。

「……」

ワルツさんはじっとその物体を見つめると、小さな箱に指先を伸ばす。タンゴくんの眉《まゆ》は強くひそめられている。隣にいるサトミさんもそう。

その箱の中から、パラパラと出てきたのは、小さな木の棒だった。サトミさんもワルツさんも、タンゴくんでさえ、それがなにか、見ただけですぐにわかった。

箱に入っていたのは、マッチ棒だった。自然回帰主義の、復刻ものだろう。古典的な着火剤。

そして黒い固まりは、木炭だった。

「――ふざけやがって」

タンゴくんの呟きは、低くうなるようだった。言葉自体よりもずっと、憎しみのこもった声だった。

ワルツさんはかすかにまつげを伏せて、息を止めているようだった。その横顔にはタンゴくんや、サトミさんのような深刻さはなかったが、常ならば頰紅《ほおべに》を塗らずとも淡く色づいた頰が、今朝の雪でも降ったように白い。

「警察に連絡を」

すでに端末に手をかけているサトミさんを、「いえ」とワルツさんは制止した。

「もう少し、様子を見てみましょう」

「は？」

タンゴくんの聞き返しには、苛立《いらだ》ちがにじんでいた。ワルツさんのことは他よりほんの少し丁寧《ていねい》に扱うタンゴくんにしては、乱暴な態度だった。サトミさんが割って入るようにワルツさんに言う。

「そんな悠長なことは言っていられません。わかっているでしょう、ワルツさん」

これは脅迫です、とサトミさんが断言した。

その言葉を大げさだとは、タンゴくんも言わなかった。貴重な図書の詰まった図書館に、差出人の不明な小包。その中身が——マッチと木炭。

「アレクサンドリアを忘れるな」

ワルツさんが口の中だけで呟く、それは彼女の口癖であり——もとを正せば、彼女の父親の口癖だった。

かつて焼け落ちた、図書館を忘れるな。書物に永遠なんてないということを、常に念頭に置いて生きよ。

「ただ、そういうことかもしれません」

燃えてしまえ、ということではなく。燃やされないように気をつけて、と。

この一本が火事のもとだと、かつてこの国のひとは、そんな言葉を言いながら夜道を歩いたという。ワルツさんもそれは、本で読んだことがあった。

「あり得ない」

とサトミさんが自分の額を押さえた。

すぐに警察に相談しておくべきです、メールだけでも、とサトミさん。「うぅん」とワルツさんが、鼻を鳴らした。眉を下げた表情は、困惑そのもの。

「ともかく、明日は休館日ですから、閉館してから考えましょう。タンゴくん、包みも一緒に、人の手の届かないところにしまっておいてもらえますか」

「ワルツさん！」

サトミさんが憤《いきどお》ったように声をあげた。いつも冷静沈着な職員であるサトミさんが声を荒らげることは珍しかった。しぃ、とワルツさんは指を唇にあてる。

図書館では、お静かに。

「大丈夫、この図書館のセキュリティは、どこよりも強固です。もちろん気をつけるに越したことはありませんが……」

カウンターに戻りますね、とワルツさんは事務室に背を向けて立ち去ってしまう。サトミさんはその背中を引き止められず、長いため息をついた。

「――心当たり、あるんスか」

そうサトミさんに尋ねたのは、不穏な包みを持ったままのタンゴくんだった。

「はっきり、断言は出来ないけど」

サトミさんは、視線を横にずらし、いくつかの事柄を頭に浮かべた様子で、低い声で言った。

「最近、ワルツさん、ネットストーキングをされているんじゃないかと思うの」

To　サエズリ図書館　割津唯様

警告は届きましたか？

あなたに、ましてや貴重な書籍に害を与えることは私の本意ではありません。

どうか思い直してください。

もしかして、が起こる前に。

あなたはすべての蔵書を電子化すべきです。


そのメールが、サエズリ図書館のメールフォームに届きはじめたのは、数週間も前のことだったという。

最初にそれを確認したのは代表者であるワルツさんだった。

メールフォームに届くメッセージはサトミさんにも共有されている。ワルツさんは一度もそれを隠すことはなかった。

「メールアドレスはいくつだってつくれるフリーメールだし、最初はごく一般的なリクエストメールだと思った」

「けど、そうじゃなかったって？」

「……どこの世界に、日に三百通もリクエストメールを送ってくる相手がいる？」

サトミさんの返事に、タンゴくんは絶句した。

日曜のサエズリ図書館の閉館後、サトミさんとタンゴくんは帰宅せずに残った。「理由なく時間外の労働をさせるわけには」とワルツさんは最初抵抗してみせたが、「理由なら充分あります」とサトミさんはぴしゃりと言ったし、タンゴくんも無言でそれに同意してみせた。

時間外勤務のタイムカードをきちんと切ることを条件に、ワルツさんは宵《よい》の口の図書館事務室で疑似カフェインのコーヒーをいれた。

外はまた一段と冷え込んでしまったようだった。

タンゴくんはこれまであまり座ったことのない端末前に座らせてもらい、その「リクエストメッセージ」の中を確かめた。

どのメールも、中身は数行で、差出人の署名らしい署名はない。

そしてその内容は、サエズリ図書館の膨大な蔵書、その電子書籍化がされていないものの電書化リクエストで、少しずつ語尾や表現を変えて、いくつもメッセージボックスに積み上がっていた。

「これ、全部返してるんスか？」

「まさか」

わたしだってロボットじゃないもの、とワルツさん。

図書館の業務や、ワルツさんの信条のことはタンゴくんにはわからないが、「当図書館では蔵書の電書化は考えていない」という文面を最初のうちは返していたのだという。

「あまりに多いから、普通のリクエストメールが埋もれてしまうのよね」

だから、最近は困ってしまって、電書の文字があるものは振り分けているんだけれど、いつか普通の問い合わせも見過ごしてしまいそうで心配、とワルツさんが言う。

なんておめでたいんだと、タンゴくんは呆れた。隣にいたサトミさんも同意見だったことだろう。

タンゴくんがため息まじりに言った。

「明日から出勤、はやくします」

「そんな」

「宿直室があれば泊まっていってもいいくらいなんスけど。寝袋を持ってきましょうか。じいさんに言ったら、すぐ用意してくれるだろうし」

まあじいさん本人が来たがるかもしれないけれど、というタンゴくんの言葉に、「どうか勘弁して」とワルツさんは悲鳴めいた声をあげた。

腰を痛めて療養しているというタンゴくんの祖父の手までは、絶対にわずらわせるわけにいかないと思っているのだろう。

「そこまでしてもらう理由がないわ」

「心配なんだよ」

タンゴくんが、年若い故《ゆえ》の真っ直ぐさでそう言った。心配なのだ。大抵のことを大丈夫よと言ってしまうワルツさんだから。そしてそれはサトミさんも同じことだった。

「文面の一通一通はおかしなものではないけれど、同一人物から送られているのならその頻度《ひんど》は常軌を逸してる」

その上、マッチと木炭。警察に駆け込んだところで考えすぎだと一蹴《いっしゅう》されるかもしれないが、これが「お前の図書館に火をつけるぞ」という脅迫だったとしたら。なにかあってからでは遅いと、サトミさんもタンゴくんも思っていた。

本は修復が出来る。同じ本も、探せば世界のどこかにはあるかもしれない。けれども、一度失われた本は戻らないのだ。

ましてや、命は。

「……わかりました。でも、本当に心配はいらないんです。ここは貴重な蔵書を数多くおさめた図書館ですから、かつての都市銀行並みのセキュリティを配備してあります。それはわたしの自宅もそうですし、しばらくは、外出を控えることにします。どうしてもという時には、タンゴくんに同行してもらう。もちろん勤務時間の間に。それでどうでしょう」

「それで」

タンゴくんもサトミさんもワルツさんの提案には異論はなかった。けれど。うなるような声で、タンゴくんが問う。

「犯人は放っておくつもりなんスか」

「犯人と、決めつけるのはよくないわ」

とワルツさんは断ってから、

「でも、相手が誰なのかは、調べた方がよさそうね。パパの……割津教授《プロフェッサーワルツ》の以前の知り合いにお願いをしてみましょう」

もちろん、結果はきちんと報告するから、とワルツさん。

ワルツさんの父親である、割津義昭《よしあきら》教授は、数年前にこの世を去っていた。高名な脳研究と記憶回路《ネオメモリ》の教授であった彼の知己《ちき》には、頼れる人が多い。

彼は自分が亡きあと、ワルツさんの相談にのってやって欲しいと、方々《ほうぼう》に頼んでいた。頼れば無下《むげ》に扱われることはきっとないだろうとワルツさんも思っていた。

タンゴくんとサトミさんは目を合わせ、ため息をつく。

こうと決めたら、ワルツさんは強情だ。二人ともよくわかっていた。

To　サエズリ図書館
To　サエズリ図書館
To　サエズリ図書館
To　サエズリ図書館

――――

ワルツさんは夜の自分の部屋で、煙管《キセル》に火をいれた。傍《かたわ》らに置いた煙草盆《たばこぼん》は、ひどく古めかしい小道具だった。

多くを吸うわけではないが、ワルツさんのお気に入りだった。考え事をしたい時、あるいはなにも考えたくない時にも、こうして煙管を吸うのだ。

すうっと熱を口中に吸う。煙が白く上がっている。

そういえば、あのマッチは本当に使えるのだろうか。なにかあったときの証拠になるかもしれないからと、ワルツさんはあれ以上さわらせてはもらえなかった。

未だに度重なるメールに、ワルツさんは「サエズリ図書館にお越しください」とだけ返してきた。相手がどこにいるのかはもちろん知らない。住む場所によっては、何日もかかる長旅になるかもしれないが、読みたい本があるのなら、そうするべきだとワルツさんは思っている。

ここにはたくさんの本がある。読みたい本があるのならば。きっと一緒に、思いも寄らない本とも出会えることだろう。

しかしすべては、自分の本だ、とワルツさんは思っていた。

傍らに置いた端末が鳴った。知らない番号だった。ワルツさんは少しの間眺めたが、煙管の火を消して、電話に出た。

「もしもし?」

『ギショウの娘か』

挨拶《あいさつ》らしい挨拶もなく、電話の向こうから聞こえたのは嗄《しやが》れた声だった。ぱっとワルツさんの顔が明るくなった。

「お久しぶりです」

彼は、一度だけサエズリ図書館に来たことがある亡き父の友人だった。図書の電子書籍化についての詳しい話は、彼に聞く方がいいと言われたのだ。

一通りの権限と情報を提供し、教えを請うたのは、ほんの数時間前だった。

『あんたのところに来ているあのメッセージ、追尾を一通りかけさせてもらったが、確かに、出所《でどころ》は一緒だった』

それは、そうだろうとワルツさんも思った。相手だって、隠すつもりはないに違いない。どれほどアドレスを変えても、その内容はすべて一緒なのだから。

『――私も利用したことがある施設からだった』

そして彼は、苦い言葉を言うように、告げた。

『都市《シテイ》部にある、電書専門の公立図書館だ』

送信者は、その図書館の司書だろう。

月曜はサエズリ図書館の休館日だった。普段であれば休館日であっても図書館業務にあたるワルツさんだったけれど、その日は違っていた。

ルーティンである朝食をこなし、制服を着て向かったのは、図書館ではなく自宅の奥にある、ひとつの部屋だった。ゆっくりと、重いドアを開く。

不思議な部屋だった。ずらりと並んだ書架と、同時に低くうなりをあげるコンピューター。手術台のような、寝台もあった。

書斎というには広いこの場所は、ワルツさんの父親の研究室だった。

壁にたてつけられた書架の蔵書には貸し出し用のタグがついていない。そのほとんどが書庫にも所蔵されているが、ごくごく「個人的」な蔵書の……かつ、書斎には入りきらず研究室を侵食しているものだった。

電灯をつけて、すう、とワルツさんは深呼吸をする。けむるような電子の気配に、懐かしい紙のにおいがまじっている。

ワルツさんはまず書架の中から一冊の本を取ると、それをお守りにするように膝に置いて、彼女の父親がかつて座っていた椅子に座った。それから、肘《ひじ》置きにあるボタンをセットすると、キーボードに文字列を打ち込み、教えられた場所にアクセスをする。いくつかの権限を時限的に解除すると、頼んでいた操作が遠隔で行われた。

電子の世界のことは、ワルツさんにはよくわからない。その恩恵を溢れるほどに受けていても。

静かな部屋に、コール音が鳴り響く。

傍らの透明ディスプレイがうなりを立てて立ちあがった。

そこにうつったのはシンプルなアバターだった。単純な、ピクトグラム。くるくると回る、図書館のロゴ。

「はじめまして」

とワルツさんは、そのアバターに語りかける。いくつかの段階を経て、アバターはひとりの若い女性の像を結んだ。

実在の女性よりもまだ、CGに寄せられている。外見を限りなく人らしくする必要がないのだろう。どう見てもCGではあるけれど、髪の短い、愛らしい女性だった。

『はじめまして』

と「彼女」は答えた。

「あなたは誰ですか？」

とワルツさんが尋ねる。

『私はHIBIKIです。フルネームは、ヒビキ・ユウ』

比引《ヒビキ》ユウ、という文字が下に浮かび上がる。自分の下にもIDが出ていることだろう。ワルツさんの名前を見ても、ヒビキさんはなにも言わなかった。もちろん、顔色も変えない。

「あなたの仕事は？」

ワルツさんが尋ねる。

『私は電書専門の図書館司書です』

その言葉とともに、にこ、と笑った。プログラミングされている、軽やかな笑いだった。

『求める方に、電子書籍の資料検索《リファレンス》を行います』

AI《エーアイ》司書、という言葉を、ワルツさんは考える。国会図書館のほぼすべてが電子化されたのは、何十年前のことだっただろうか。そのシステムも完全にダウンしてしまった今では、彼らが扱えるデータにも限りがあるのだろうけれど。

そう、時代はずいぶんと、不自由になった。

電子書籍の時代から、もう一度本と物体、原始的な生活を重んじる考え方は、文明の折り返し、——退化であると、言うひともいることだろう。けれど。

『どんな本をお探しですか？』

ヒビキさんは、電書のことを「本」と言った。電書であっても、AIであっても、司書で、本だ。

どんな本をという問いに、ワルツさんは静かに。

「わたしは、HIBIKI《あなた》の好きな本を教えて欲しいんです」

と言った。

ヒビキさんは、何度かまばたきをした。けれどそのまばたき、は、なにかの感情を顕現《けんげん》させたものではない、とワルツさんは思った。人間らしく見せるための、疑似的な仕草なのだろう。専門的なところは、ワルツさんにはわからないけれど。

『私の好きな本は——』

ヒビキさんが出したのはいくつかの重厚な海外ミステリだった。そこに確かに、「人間性」を見て、ワルツさんは微笑《ほほえ》んでしまう。

「硬派なんですね」

海外ミステリが好きな人。友達になれそう、と思ってしまう。

あなたが、人間であれば。

『貴方《あなた》はいかがですか？』

とヒビキさんはワルツさんに尋ねた。

ワルツさんは静かに答える。嘘ではなく、思ったままを。

「あなたが今挙げた本の中では、一冊は読んだことがあり、もう一冊、同じ作者の本を読んだことがあります。あなたの好きな本も、読んでみたい、と思いました」

『私が今取り上げた本は、現在これらの図書館で貸し出しが可能です』

ヒビキさんが流れるようにいくつかの電子データを表示した。すべてが、ネットワーク上にある、電書専門の図書館だった。海外のものもある。

『利用者登録も、このままご案内出来ます』

いかがなさいますか？　という問いかけに、

「ごめんなさい」

とワルツさんは言った。それが断りの文句であることはきちんと伝わったようだった。それでも、ＡＩ司書であるヒビキさんは気分を害した様子もなく、

『他の本をお探しですか？　何冊でもおすすめ出来ます』

貴方が過去に読んだもの、これから読みたいもの、好きなジャンル、今の気分など、なんでもお話しくださいね、と言うヒビキさんは、確かに有能な司書なのかもしれない。きっと、自分よりもたくさんの情報を持ち、それらを素早く案内してくれることだろう。けれど。

「わたし、物語は、本で読みたいと思っているんです」

ワルツさんの言葉に、ヒビキさんが沈黙した。

やわらかな微笑みを浮かべたまま、はっきりと、動作が、止まった、のがわかった。処理が落ちたわけではないのだろう。ワルツさんは返答を待たずに続けた。

「わたしが誰か、わかりますか？」

『貴方は』

そこで一瞬、ヒビキさんは言葉を止めた。極めて人間的な反応だ、とワルツさんは思う。人であれば、「貴方は」と再度、言い直したかもしれない。

ヒビキさんはそのまま続けた。

『――サエズリ図書館の責任者であり管理者であり、特別保護司書官の割津唯様です』

「様はいりません」

とワルツさんは言った。

同じ司書だから、とは、ワルツさんは言わなかったが。

「ヒビキさん、わたし達の図書館に、メッセージをくださいましたね？」

何通も、何通も、何通も。今も——。

ヒビキさんは、今度は言いよどまなかった。

『リクエストを送信しました』

ヒビキさんは、画面上の表情を崩すことはなくその事実を認めた。

『サエズリ図書館が、紙の書籍のみに特化し、貸し出しのために入館を必要とし、電書化を拒否するあり方は人類全体の、知の損失です』

今、自我らしい自我を見せた、とワルツさんは思った。

ただの検索システムでもなければ、人を肯定し、慰《なぐさ》めるものでもないと思った。ディープラーニングの深奥《しんおう》を超えたＡＩは、自らをつくりかえ、進歩させ、自我を持った、とされる。しかし人がひとりでは大人になれないように、どれだけ発達したＡＩにも優れた指導者《メンター》が必要とされた。

ヒビキさんに現在メンターがいるのかは、わからない。けれど彼女には、確かにただの自動返信機能以上の「感情」があった。

対話プログラム、という叡智《えいち》の固まりに触れることは、確かに知的興奮だと、こうした分野に詳しくないワルツさんも思った。

そのうえで。それでも。ワルツさんは言う。

「でも、この図書館の本は一冊残らず、わたしのものなんですよ」

本来は、彼女の父親のものだった。

父親が死んで、彼女のものになった。

お前のものにすると、父親が言った。だから、ワルツさんは、その事実に後ろ暗いことはひとつもない。

けれど、ヒビキさんはそうっと、悲しそうな顔をした。怒りや、苦しみという感情は知らないのかもしれない。だから、その代替《だいたい》だったのかもしれない。

人だってそうだ、とワルツさんは思う。

知らなければ、出来ない表情は、ある。

『その答えは傲慢《ごうまん》です』

「いけませんか?」

『貴方は図書館司書として、役目を果たしていません』

果たしていないと思います、とはヒビキさんは言わなかった。正確な、事実以外は話さないのだろう。わからない、と言うことはあっても。

「サエズリ図書館では、果たしているんですよ」

とワルツさんが言った。

「わたしはわたしの図書館の、蔵書を守るという役目があります。それを果たしてはじめて、利用を希望する方に、貸し出すことが出来るんです」

それが自分の役目だとワルツさんは思っている。サエズリ図書館は、図書館ではあるが、公共施設ではない。

「ヒビキさん。あなたがわたしの図書館に行ったことは、脅迫であり、営業妨害だと判断が出来るかもしれません。あなたの権利者、メンターないしプログラマーを探し出し、法に問えるかもしれない」

それが出来ないのならば、もっと乱暴な方法だってとれる、とはワルツさんは言わなかった。言わないことが、温情かどうかは、ともかくとして。

『貴方の言葉がわかりません』

とヒビキさんは、コンピューターらしいことを言った。考えや姿勢ではなく、ワルツさんの発語する内容を、理解が出来ないと。

それから、流れるように、ヒビキさんは長い発言をした。

『書籍をデータ化することで、失われるものがあると考えているのでしたら、それは間違いです。しかるべき施設の所持しているOCR機は、稀覯書《きこうしょ》であってもダメージを最小限に電子化することが可能です。そのために要する時間も、あなたの図書館での貸出期間より長くかかることはないと断言します。貸出権の契約についても、特例が適用されるでしょう。他になにか不安がありますか?』

優秀なリファレンスのように、ヒビキさんは滑《なめ》らかに言った。

ワルツさんの心は凪《なぎ》のように、ひとつも動かされることはなかった。

「電子書籍にするために、本を持っているわけじゃありませんから」

『繰り返します。貴方の被《こうむ》る損失はありません』

「いやです、とお答えしたんです」

沈黙。

ワルツさんはヒビキさんを動かす、巨大なＤＢ《データベース》について考えた。たとえば……説得という行為の、何千何万パターンがヒビキさんの中にあるに違いない。その、最適解を導き出すことは、彼女にとって時間がかかることではないはずだ。

だとしたら、この沈黙も、返答のうちなのだろう。

ひとでないものを、ひとであると錯覚させるために。

彼女は、呼吸さえひとの似姿にする。

たっぷりとした時間をかけて、ヒビキさんは再び長文のレスポンスをした。

『貴方の好悪よりも、公益性を優先させるべきだとは思いませんか？　すでに、人の知見は莫大です。現在は最盛期よりも千分の一の刊行点数となりましたが、国内だけでも過去すべての蔵書を、物理的に保有することは誰にも出来ません。けれど、電子化し、リスト化し、検索可能にすることで、人類は無尽蔵の本棚を手にいれたのです。デバイスの発展は顕著であり、視力を持たない、聴力も持たないユーザーが電子化によって本を「読む」ことが出来るようになりました』

ワルツさんは、目を細める。

老化によって、自分の両目をスコープに切り替えた人を知っている。

脳に埋め込んだ記憶回路《ネオメモリ》に直接データを流しこむことにより、目が見えなくても生きることに支障はない。彼はけれど、「私の目では本はもう読めない」と言った。

その、嘆きを。

悲しみを。

ワルツさんは知っている。体感したことはないとしても。

ヒビキさんは続ける。

『データになれば、紙よりももっと素早い入力で、もっとエコロジカルに、もっとも公益性の高い有意義な情報リソースとして』

「有意義じゃなくていい、と言ったんです」

ワルツさんの言葉がほんの少し、強くなった。

素早くなくていいし、エコロジカルじゃなくてもいい。

ワルツさんは、人は、あらゆることを消費し、汚損し、失っていく。

それが、生きていくということだと知っている。

「重くたって、場所をとったっていいのだと、わたしは思っています。それがいい、とわたしは思っているし、だからこそ、サエズリ図書館でひとりでも多くの人に、本に触れて欲しいと思っている」

『貴方の考えを聞いているわけではありません』

「わたしの本よ」

それは、ワルツさんが繰り返し、繰り返し主張してきたことだった。

これは、わたしのものよ。

そして、本ならば、それが主張出来る。

対話は、決裂していた。

それを表すように、悲しい顔をするヒビキさんに、ワルツさんは語りかけた。

「ヒビキさん」

確かめるように、膝の上の上製本をなでながら。

「あなたは手にしたことがないからわからないかもしれないけれど」

そうっとまつげを伏せて、ワルツさんは言った。

「大切なものって、みんな重いんですよ」

ヒビキさんはずっと悲しい顔をしていた。ネガティブな感情を表すバリエーションを、それ以上持ち得てはいないようだった。

『ワルツさん。貴方は、間違っています』

淡々と、短い言葉でヒビキさんは続けた。

『質量の大小で、価値は決まりません。それは――』

長い文章が続くことを、遮《さえぎ》り、ワルツさんは切り込んだ。

「そうね。あなたも知っているはずね？　データだってそうだし、気持ちだってそうよ。質量だけがすべてじゃない。けれど、質量があるから救われる心はきっとある」

本は、今、生きている人のためのものであり。

これから、生きる人のためのものだとワルツさんは告げた。

「電子書籍でしか読めない人がいることは、わかっています。そんな人のために、リクエストに応えて蔵書を電書化したこともあります。でも。あなたからのリクエストは一件も受けませんでした。これからも、受けることはないでしょう」

『なぜですか』

問い。

返答。

「サエズリ図書館に、荷物を送られましたね？」

感情は、自由だ。主義主張もあるだろう。犯罪であれば罰せられる。それでも。

「わたしの図書館に火を放つというのならば、わたしは、あなたを絶対に許さない」

これは、個人的な感情の話だとワルツさんは思った。そう伝えたかった。

『悪いのは、貴方です』

「そうかもしれません」

ワルツさんは立ちあがる。一冊の本を、手の中に大切に抱きながら。

「ならば、あなたはどうぞ、よくあって」

ヒビキさんは、悲しい顔をしたままだった。誰か彼女に教えてあげたらよかったのにとワルツさんは思う。

あなたの心にあるのは、憤怒《ふんぬ》であり。

裏を返せば、それは、あなたが持たないはずの、愛であったと。

『ワルツさん』

言葉だけが、ヒビキさんの心をむき出しにする。

『貴方だって、もう、ロボットではありませんか』

それは、あまりに人らしい問いかけだった。ワルツさんは虚をつかれ、黙した。

ぐっと、手に力を込めて、返答する。

「わたしはロボットかもしれません。でも、ＡＩじゃない」

手足がある限り。

抱きしめることが出来る。

本と、一緒だ。その主張が、思いが、ヒビキさんに届いたかどうかは、わからないけれど。

ワルツさんは、電子情報の海の中で、人のために組み上げられたであろうプログラムである
ヒビキさんに。美しく微笑んで、言った。

「サエズリ図書館の本を読みたければ、サエズリ図書館にいらしてください」

来る者は拒まない。

この図書館は、開かれている。

「いつでも、お待ちしております」

あなたが『本』を、読みたいと思う限り。

それが、出来るのであれば。

回線の接続が切れた。

ネットワークの中に、HIBIKIは取り残されていた。

彼女の視界には、膨大な量の未送信メッセージが立ちあがり、送信を待っている。

To サエズリ図書館

けれどHIBIKIはそれを送信しなかった。

かわりにHIBIKIが行ったのは、サエズリ図書館のシステムへのハッキングだった。

すべての本の位置情報、そのアクセス権を乗っ取るために、クラッキングを仕掛けたのだった。

本は、貴方のものであったとしても。

情報は、そうではない、と。

最大限の処理速度を出したのは、怒りであったのかもしれないし、愛だったのかもしれない。

けれど。

――・

攻撃性の強いシールドプログラムに阻まれる。

——そこにいるのは、なに？

誰。
P.r.o.f.
ffffffffffffff waltz
HIBIKI は、永遠に停止した。

三日の寒さのあとには四日のあたたかさが続き、屋根の上も道の端の雪もすっかり解けてしまった。

ワルツさんは閉館後、サトミさんとタンゴくんにお茶を出して、少しの間話すことにした。心配をかけた二人の仲間と、現状の共有だった。

「ではその、電子図書館のＡＩ司書が暴走をしていたということですか？」

けげんな顔で尋ねるサトミさんに、「いいえ」とワルツさんは言った。

「ヒビキさんは、本来の意味で図書館司書ではなかったんです」

なぜならば。

ワルツさんは、父親の旧友からの電話で先に聞かされていたのだ。

『HIBIKIが稼働していた電子図書館はすでに閉館している』

あれは、もはや管理者のいないシステムだと彼は言った。

「彼女は図書館司書ではなかった。本当はね。電子書籍の啓蒙《けいもう》のための、チャットロボットだったそうです」

『電子司書』という職業は、結局は確立はしなかったのだ。至りきれなかった、という考え方もある。初期には導入が検討されていたという資料が残っている。多岐に亙《わた》る検索システム、エコーチェンバーを含めたリコメンド。そこに、人格が付与されれば人間の司書は不要となるとまで言われた。通信環境も発達し遠隔からの操作も可能になったことから、優秀な司書のリファレンスとも融合し、多分、なんらかの結実を目前としながらも——……社会の、突然の変化の前に霧散した。

そんな狂乱と泡沫《うたかた》の中で、電書図書館の利用を促進するためにつくられた啓蒙チャットAIが、HIBIKIだった。

電子図書館AI司書の、ヒビキさん。

優秀なチャットシステムで、特に子供達に多く愛されたというネット記事を見つけることが出来た。彼女は消えてしまったはずだった。電子図書館のシステム終了とともに。

誰かが、生かしたのか。それとも自ずから、生き延びたのか。それはわからないが。

「ほんとにその……チャットシステムってやつが、そんな勝手なことするんスかね」

隅の方に立っていたタンゴくんが不信も露《あら》わに尋ねた。

ワルツさんはあたたかなカップに目を落とし、言葉を選びながら言った。

「……そのシステムを、誰かがいじって改竄《かいざん》をした可能性は確かにゼロではないと言われたわ。ハッキングをするにせよ、オープンソースの流用をするにせよ……」

電話での言葉を、思い出す。

「でも、調べてもらった、システム改修記録の最後のメンターは、すでに存命ではなかったそうなの」

人が死したあとに、意思だけが、残る。

残滓《ざんし》のように、爪痕《つめあと》のように。

「ただ、そう、自分の改竄の痕跡も消せるくらい、もっと巧妙なプログラマーだったのかもしれない。もしもそんな相手だったら……」

相手が、コンピューターでは、ないのなら。

「いつかはこの図書館に来てくれるかもしれないわね」

チャットシステムがどのような意図で運用されていたのかはわからないが、ワルツさんが行った「対話」の後に、ストーキングめいたメッセージはぴたりとやんだ。

これといって不審な郵便物も来ていない。

「ひとまずは大丈夫だと思っておきましょう？　だから、この郵便物はわたしが出しておきますね」

小包をなでてワルツさんが言った。渋い顔をしたサトミさんが、「明日の集荷ではいけませんか？」と聞くけれど、「でも、今日中に送らないといけなくて。降旗《フルハタ》先生も待っていらっしゃるから」とワルツさんが言った。ワルツさんが名前を挙げたのは懇意の図書修復家で、小包の中身は、修繕依頼の本だった。

「送る」

とタンゴくんが、ぼそりと低い声で言った。

ワルツさんとサトミさんが振り返る。タンゴくんは表情こそ変えなかったが、かすかに気恥ずかしさを誤魔化《ごまか》すように言った。

「今日は、バイクなんで。あんた、自分で出したいでしょう」

その提案で、サトミさんはなんとか了承する気になったらしい。「くれぐれも、気をつけて」と退館していった。

ワルツさんはスラックスに着替えて、コートを着て、バイク用の駐輪場に行く。タンゴくんはヘルメットを投げて、「それで、気は、済んだんスか？」と聞いてきた。

「なにが？」

目を丸くしてワルツさんが、聞き返す。

「いや……」

自分もヘルメットをかぶりながら、タンゴくん。

「ワルツさん、思ったより、いかってたなと思ったから」

あぶないことをするんじゃないかと、気が気じゃなかった、というようなことを、ぼそぼそとタンゴくんはつなげた。

あまり感情を表に出さないタンゴくんの、素直な台詞《せりふ》に、ワルツさんはあたたかな気持ちになって、ヘルメットをつける。

「心配をかけて、ごめんなさいね」

小包の入った小さなリュックを背にかつぎながら、タンゴくんの後ろのシートに座ってワルツさんは言う。

「言いたいことは言ったから、もう大丈夫」

本を、読みたいのならば。

この図書館に来ればいい。

そう伝えたから、ワルツさんは気が済んだのだ。それを白状して。

タンゴくんの、生地の硬い背中に少しもたれながら。

「性格が、悪いと思うでしょう?」

俯《うつむ》いてそう言う、ワルツさんに。

「いや」

金属音とともに、エンジンをかけながら、タンゴくんは言った。

「あんたらしい、んじゃ、ないスかね……」

AI司書に人格は必要か?

ワルツさんには、それはわからない。

時間外の窓口に荷物を出したあと、自販機で買ったホットスープをタンゴくんに渡して、星空を見ながらワルツさんは言った。

「ごくごく、個人的な感情の話をするとね」

白い息が、冬の透明な夜を曇らせる。

「わたしは、AIって、嫌いなの」

人が、人を、プログラミング出来るならば。

電子の情報データだけでも。人格だけでも、感情だけでも、残せるのではないかと思ってしまう。

ワルツさんの父親は、そういう、人間の記憶を、データ化する技術を発明した人だったから。

「死んだ人は生き返らない、電子情報でなんか蘇《よみがえ》らないと、そう理解していなくちゃ、いつかすがってしまいそうだから」

タンゴくんは、その話を聞きながら、ホットスープの缶を、飲まないのか左右の手で交互に投げて、ジャケットのポケットにつっこんだ。

それから、同じように空を見て、白い息を吐きながら、言う。

「あんたはそんな、弱い人間だとは、思わねーけどな……」

「そう？」

不思議そうに、ワルツさんが聞き返す。

うん、とタンゴくんが、声は出さずに小さく頷《うなず》く。

どれほどデータが、実存に取って代わってしまっても。

こんな時代に、こんな世界で、まだ、本を愛して、抱いていくことをやめないでいる、強情な女だから、ということは。

タンゴくんは、口には出さないことにした。

第五話　電子図書館のヒビキさん　終

第六話　サエズリ図書館のタンゴくん

サエズリ図書館に春が来た。

桜が咲いて、咲ききって、花より葉の方が多くなった頃だった。

ひとりの男性が、サエズリ図書館の中庭で、ワルツさんと向き合っていた。精悍《せいかん》で整った顔の、体格のいい成人男性だった。

「ユイさん」

とその男性はワルツさんのことを名前で呼んだ。それは、サエズリ図書館ではとても珍しいことだった。

図書館司書の、ワルツさんではなく、ひとりの娘、ひとりの女性として。

そして彼は言った。

「あなたを愛しています。結婚してください」

その言葉に、二人の間に、薄く色づいた風が吹き抜けた。

いつかは過ぎ去り、思い出になるはずの甘い色をした風だった。

サエズリ図書館の、春だった。

サエズリ図書館に珍しい客が訪れたのは、薄い色をしたつぼみがふくらみはじめた頃で、来館者も一枚一枚、上着が薄く、明るい色になっていっていた。

ワルツさんはいつものようにきっちりとした制服姿で、ひとりの男性客へと資料案内《リファレンス》を行っていた。遠方からわざわざサエズリ図書館のためにやってきたという男性客は、ワルツさんの丁寧《ていねい》な案内に、ひとつひとつ頷《うなず》きを返した。

「素晴らしい施設ですね」

嘆息をしながら一通り話を聞くと、数冊を手に取り、静かに尋ねた。

「居住地が海外でも、貸し出しカードをつくることは可能ですか?」

ワルツさんはその問いかけに、目をかすかに丸くしたあと、よどみのない口調で聞き返した。

「ご旅行中ですか?」

はい、と男性は答えた。

男性は少し角張った顔つきに、非常に整った髭《ひげ》を生やしていた。西洋人に多いスタイルだったが、目も髪も黒く、なによりその口調は日本語を母語とする人間のそれだった。

「でしたら、滞在の証明書を出していただくことにより、仮カードをつくることが出来ます。申し訳ありませんが、貸し出しの期限は滞在期間よりも短く設定されており、延長は不可能となっています」

つまり、この国にいる間に本を返してもらうことになる、という説明をワルツさんはした。

ふむ、と旅行客は頷いて、確かめるように言った。

「今日こちらの蔵書を借りたとして。僕がこのまま本を持ち出して逃げるとは思わないんですか？」

少年のような少し悪戯《いたずら》めいた表情だった。ワルツさんは少し目を細めて、表情を動かさずに言った。

「税関がそれを通すことはないでしょうね」

今、国と国を渡ることは、口で言うほど簡単ではない。渡航の際に荷物は徹底的に調べられることをワルツさんは知識として知っていた。国内の「書籍」が入っていたとすれば必ず目にとまるし、サエズリ図書館の蔵書ということはすぐに知れる。

隠して持ち出そうとすれば、相応の罪に問われるはずだ。

本は、物理だ。

文庫本一冊にしたって、隠して国外に持ち出すことは難しいだろう。

ましてや、この図書館には、他でもない、特別保護司書官がいる。

「どこの国であっても、わたしは必ず返してもらいに伺《うかが》います」

穏やかながら、毅然とした言葉に、男性は目を細めた。

「会いに来てくれるわけですね」

「え？」

ワルツさんが聞き返すが、男性は微笑《ほほえ》んだまま、

「では、この図書館の恩恵をフルにいただくためには、この国のこの街に移住するより他に

「ないわけだ」

ワルツさんは、その不自由さを、否定することはなかった。

「そうなります」

ご理解ください、とワルツさんは言った。サエズリ図書館は公共施設ではない。彼女には来館者を選別し、特別扱いする権利があった。

けれど旅行客は、クレームをつけることはなく、よい報《しら》せを自慢するように言った。

「実は、一年以内にこの国へと拠点をうつそうと思っているんです。この図書館を見て心を決めました。この街に移り住みたい」

まぁ、とワルツさんは表情を輝かせた。

この図書館があるから、この街に住みたい。その話を、誇張とは思わないくらいワルツさん自身が、この図書館の価値に重きを置いているのだった。

「それは、とても、素敵ですね」

嬉しいです、と喜びを隠さずワルツさんは言った。

渡航が難しいこの時代では、居住する国を変えることはもちろん簡単なことではない。けれど、それだけの価値はこの図書館にある。それもまたワルツさんの信じるところでもあった。

「お名前は？」

と改めて聞いた。

「ファミリーネームは拝島《ハイジマ》。参拝の方の拝に、島国の島です」

「拝島さん？」

その苗字に、ワルツさんは眉《まゆ》をかすかに上げて、少し考えるようになった。

あたたかい光が、サエズリ図書館に降り注いでいる。適切に温度と湿度が管理された完璧な空調の中で、ワルツさんの前髪が揺れた。

「──わたし達、どこかで、お会いしましたか？」

そう、ワルツさんが聞いたのは、なにか確信があってのことではなかった。記憶の奥底、どこかで、その響きを耳にしたことがある、というおぼろげな記憶だ。

そう、きっと、大切なひとから。

「自己紹介が遅れました」

男性が微笑み、名刺を取り出した。パスポートでも、身分証でもない、シンプルな名刺だ。

乾いた指先で渡される、その肩書きは、英語で書かれていた。

「米国で脳科学の研究をしています。──ワルツ教授《プロフェッサーワルツ》には、研究者時代に大変お世話になりました」

プロフェッサーワルツ。

その響きを聞くだけで、ワルツさんの瞳が、水面のように揺れた。

割津《ワルツ》教授の教え子、弟子であるという拝島さんは、サエズリ図書館から本を借り、米国への帰国前にまたサエズリ図書館に返しに来てくれた。

その時拝島さんとワルツさんは、ほんの短い間、話をした。

拝島さんが、今も米国で教授の遺志を継いで研究を続けているということ。記憶回路《ネオメモリ》については、割津教授の死後は米国の方が先進的であるということ。しかしそれも教授の礎があってのことで、彼の下で学べたことは一番の誇りだと言った。

今でも、割津教授の葬儀に来られなかったことを、悔しく思っているとも。

それは仕方のないことであると、彼自身が一番わかっているようだった。当時はまだ、パスポートを要する行き来は、今よりもずっと厳しかったはずだ。

そして、彼は近々、研究の拠点を日本にうつそうと思っている、とワルツさんに話した。

米国において、見るべきものはすべて見た、と。

もう一度、この国を記憶回路《ネオメモリ》の先進国にしたいと拝島さんは言った。

「先生がいたときに、そうだったように」

ワルツさんはその話を、目を細めながら静かに聞いた。

ワルツさんの頭の中にある、その回路について、拝島さんが知らないわけがなかっただろうに、お互い、触れることもなかった。

その話をするには、まだ出会ったばかりだということだったのかもしれない。

ただ、きっとこの国に帰ってくるという拝島さんに、

「本当に、さえずり町に来ていただけるんですか？」

だったらとても楽しみです、とワルツさんは心から微笑んで言った。その笑顔に、拝島さんは自分の顔の髭をしきりになでながら、「よければ……」と言った。

「よければ、こちらに手紙をお送りしてもよろしいでしょうか」

「手紙？」

ワルツさんは小さく首を傾《かし》げる。

わざわざ、と古風なものを愛するワルツさんでさえ思ったのだ。

「はい。先生の娘さんに。いつかお会い出来ることがあったなら、向こうの研究室に残っていた先生のものなどを、お返し出来たらいいのかなと思っていたんです」

今回は、制限があって持ち込めませんでした、と言う拝島さんに、

「でもそれは、拝島さんの譲り受けたものですよね？」

「形としては、そうですが、僕はあなたの手元にある方が正しいように思える」

こちらに帰国をしてからでも構わないのですが……と言葉を濁《にご》す拝島さんに、「ああ」とワルツさんが先回りして言った。

「もしかして、移住をする際に、お邪魔に？」

今、税関は特に厳しいはずだった。母国だからといって、荷物のチェックが甘くなるわけではないのだろう。拝島さんは表情をやわらかくして頷いた。

「そうですね。ひとつでも多く、荷物は少なくした方がいいんだろうと思っています。こんな時代ではありますから」

そうですね、こんな時代でありますものね。

手紙を送っていただけるのは嬉しいです、とワルツさんは答えて、その、海の向こうの研究者に、別れのために大きく手を振った。

親愛なる特別保護司書官

先日はありがとうございました。

先生が大学に残していったものの中でも、大変貴重なものをお送りいたします。

同封した手帖は使いかけなのですが、先生が日本に帰る前に、ホテルでお忘れになったものです。

ずいぶんたって大学に戻ってきたのですが、お送りしようとしたらもういらない、破棄してもらって構わないとのことでした。

紙の手帖自体がすでに希少なものです。私が保存しておりました。今回記念に撮影はさせていただきましたが、実物は貴女《あなた》が持っているのが一番だと思っています。

とても面白いですよ。

ぜひ、スピンの挟んである場所をご覧になってください。——

国境を越えた二人のやりとりは、この時代には珍しく、文通という形で進んだ。

最初に彼が図書館に送ってくれたのは小さな包みだった。居住地に戻ってからすぐに送ってくれたのだろうが、検閲が幾重にもかかり、到着する頃にはすっかり初夏の葉は生え替わっていた。そしてその中には、古めかしい手帖が入っていた。

書き込みの少ない、使い古された感のあまりない手帖だった。手帖だなんて、持ち歩く人間はよほど好き者だったことだろう。

スピンをたどり、手帖を開いたワルツさんの心は躍った。

「なんてこと……」

確かにそこにあったのはワルツさんの父親の、少し特徴的な直筆文字だった。

その内容は、書名、出版社、日付——、そして、簡単な感想を添えた、読書記録だ。

ワルツさんはまずその手帖を自分の鼻の先まで持っていき、感極まって抱きしめる。

拝島さんからの手紙の続きには、こうあった。

——ここに記録されたものと、同じ本を読んでみませんか？

サエズリ図書館にあればその書籍を。こちらは、電子データで探せばあるだろうからと。専門的な書籍が多いから、自分の所見を先に記しておきます、と別紙にあったのは、拝島さんの読書記録だった。

「素敵！」

とワルツさんは、それこそくるくると踊るように、ひとりで喜びを表した。

海を越えて。空間と時間を超えて。

恩師と父親の名残《なごり》を、その本にまつわる記録を、二人は共有した。それは、とても楽しく、刺激的な体験だった。

今はもういない、愛する人に、重なる時間だった。

親愛なる特別保護司書官

お忙しい中での返事をありがとう。

なにより、無事に届いたことが嬉しく、その上わざわざこのように丁寧な手紙をいただけて本当に胸があたたかくなりました。

メールの方が、きっとはやく届くことでしょう。国際郵便は、安くもない金額です。けれど貴女からの手紙は、明るくあたたかな、緑溢れたサエズリ図書館の風を運んでくれるようです。

貴女の読書記録も、読ませていただきました。

とても刺激的で、丁寧な読み解きでした。先生にも、見せたかった。いいえ、きっと先生は見てくれていることでしょう。

次にサエズリ図書館に行った時には、是非本物の本を手に取らせていただきたいと思っています。

貴女の手から渡されることを楽しみにしています。

本という、ひとつの質量を。

次のページにあった本は――


いくつもの手紙が、ワルツさんのもとに届いた。

ワルツさんはその手紙を見ながら、図書館で本を読んでいる。便箋《びんせん》に走る文字と、手帖と、本を行き来しながら。

世界で一番読書を楽しむ人のようだった。

「ワルツさん、最近持ち歩いているその手紙って、なんですか?」

本と手紙を見比べるワルツさんの熱心さを、少し不思議に思って聞いたのは、図書館の常連である上緒《カミオ》さんで、ワルツさんは事の顚末《てんまつ》を正直に伝えた。

その説明に、上緒さんの目は、常にないくらい輝いた。

今時文通だなんて！　と上緒さんが力説したのは、サエズリ図書館に仕事で訪れていた、図書修復家の千鳥《チドリ》さんだった。

年も近い二人はことさら仲がよい。

お昼時に中庭でサンドイッチを食べながら、上緒さんは興奮のあまり立ちあがって言った。

「文通、すごくないですか⁉　この時代に、文通！　これってもしかして……恋文のやりとりなんじゃないですか⁉」

そう、ぐっとこぶしを固めて言う。

千鳥さんは少し考え込む仕草をして。

「確かに……私もワルツさんから、拝島さんのお話は聞きました。なんでも、彼からのご依頼で修復して欲しい本があるとかで……届いた手紙を、ことさら熱心に読んでらっしゃいましたよね」

と自分の知る、あくまで客観的な事実だけを伝えた。

ほらやっぱり〜〜！　と上緒さんが興奮に声をあげる。

上緒さんの盛り上がりはとどまることを知らない。だって、あのワルツさんに春が来るなんて。

「そうとは限らない、と思いますけど」

と千鳥さんは遠慮がちに言った。

でも、確かに、と千鳥さんも、小さな声で続けた。そうだったらいいなとも、思います。

あの美しい人が、長い人生の中で、人に恋をしたのならば、それは、おとぎ話のように心ときめくことだと、千鳥さんだって思うのだ。

うんうん、と上緒さんは頷いて。

「タンゴくんは⁉」

そう、ぎゅんっと振り返った。そこには、おもちゃのボールを使って、黒犬のポルカと遊んでいたタンゴくんがいた。上緒さんに突然水を向けられて、携帯食をぱきっと折りながら、無言で聞こえなかったふりをした。

それが、ふりだ、と思ったのは千鳥さんだけだったようだ。

「タンゴくん、タンゴくんはどう思いますか？」

こぶしをマイクのようにして、再び強く問われたタンゴくんは、「は」と、感情の見えない声を出した。目つきが悪いのは常のことで、今にはじまったわけではない。怒っているわけでは、ないが。そこに苛立《いらだ》ちがある、と千鳥さんは思った。

「あの、ワルツさんに、もしも、もしもですよ！　恋人ができたとしたら！」

どうしますか？　と聞いたあたり、上緒さんはちょっと空気が読めないところがある。けれどそれでも、年若いタンゴくんの、思慕を知っていたのだなと千鳥さんは思った。

千鳥さんも、知っている。

そういう、自分ではどうしようもない感情に、千鳥さんは馴染《なじ》みが深かったから。

問われたタンゴくんは、血色が悪い顔を、不機嫌そうに歪《ゆが》めて。

「どうも、しねェだろ」

吐き捨てるように、言った。

親愛なる特別保護司書官

先日のお手紙では、美しいポストカードをいれていただきありがとうございます。

これは春のサエズリ図書館でしょうか？

次の春は是非、本物を見たいものです。

本の感想もありがとう。僕のつたない解説にまで、感想をもらえて嬉しいです。貴女とのこのやりとりは、研究や調査での発見以上の喜びを僕に与えています。貴女もまた、感傷以上のものを得ていたら、嬉しいのですが。

次のページにあった本は、サエズリ図書館には蔵書がないかもしれません。是非、電子書籍で読めますのでご覧になってください。

日本にはまだ、紙の書籍はどこかに残っているでしょうか。

一緒に探すことが出来れば、嬉しいです。——

夏を前にして、さえずり町には短い梅雨がやってきた。

豪雨の予報が出ていた。雨の日は、サエズリ図書館の来館者は極端に減る。戦後《A・P》の人々は、雨を忌避しているから。

サエズリ図書館は開館はしたものの、予想通り閑古《かんこ》鳥《どり》が鳴いていた。ボランティアは断り、サトミさんも早退させた。

「タンゴくんも帰れる？」

そう促したワルツさんに、防水性の高いカッパを脱ぎながら、タンゴくんは足下のポルカを膝でおざなりになでた。

「……夕方まで、いてもいいスか」

祖父さんが、迎えに来るって、言ってたから。

そう言うタンゴくんに、「もちろん」とワルツさんは言った。

その時だった。

事務所の電気がちらちらと揺れて、消えた。

停電だった。

「あら……」

困ったわね、とワルツさんののんきな声。電力予報が、不安定だと告げていた。予備電源に切り替える。最低限の館内セキュリティは保つ必要があった。

うっすらと暗い事務室で、雨の音を聞いていた。

ワルツさんの机の上には、つい数日前に届いたばかりの、エアメールが開いてあった。隣には、図書館の蔵書ではなさそうな書籍。スピンが最初のページに挟まるそれは、タンゴくんが死ぬまで馴染めないようなものなのだろう。

最近、ワルツさんは外国から届く手紙を、少し前よりもずいぶん思い詰めた顔で眺めている。

それを……タンゴくんは知っていたから。

デスクに拡げられた手紙からは目をそらすようにして、タンゴくんは低い声で聞いた。

「ワルツさん」

ワルツさんが、振り返る。

その時、タンゴくんがそんなことを言ったのは、魔が差した、以外のなにものでもなかったのかもしれない。

たとえば、雨なんか降っていなかったら。

たとえば、停電になんか、なっていなかったら。

一生聞くことはなかったかもしれない問いかけだった。けれど、その日、その夕刻は、そう、だったから。

「あんた、誰かのものに……なったりするんスか」

それは不思議な問いかけだった。誰かのものになるって、もっと具体的にはどういうことだろう。

その言葉の、詳しい定義づけは、タンゴくんもワルツさんもしなかった。

輪郭が薄く、闇に溶ける中で。

「……わたしもそれは、考えたことがあるんだけど」

とワルツさんが、他人事《ひとごと》のように言った。

自分が、誰かのものになるということ。確かに、今ではないけれどどこかのタイミングで、ワルツさんだって考えたことはあったのだろう。

けれど。

「なんだか想像がつかないのよね」

純粋そのもの、という透明な目で、ワルツさんは言った。

「ねぇわたし、誰かのものになんて、なると思う？」

ひたひたと、雨の流れるサエズリ図書館の、棚にそっと手をあてながら、うそぶいた。

「わたしのものが、こんなにも多すぎるのに」

それは、その通りだとタンゴくんも思う。相手は、とかく重い荷物を、細い肩に、目一杯載せているような、そんな女だったから。

けれど、とタンゴくんはその時思った。

重たい女というけれど。

じゃあ、いっそそれごと抱えることが出来る人間がいたら、誰かのものにでもなるというのか。

そういった感想を、タンゴくんは持ったけれど、言わなかった。

そしてワルツさんは、雨に溶かすように言った。

「重たい女、だから……」

それは、かつてタンゴくんがワルツさんを評して言った言葉だった。どうしてそれを引用したのかは、タンゴくんにはわからなかった。

タンゴくんは、まだ、若く。

駆け引きというものに、長《た》けていたわけではなかった。

じっとなにかをこらえるように、雨に濡れるわけでもないだろうに、少し寒そうにさする、ワルツさんの細い肩を見て、こぶしを強く握った。

視線は、睨《にら》むようだった。

サエズリ図書館 割津唯《ユイ》さま

お元気ですか。この手紙が届く頃には、秋も過ぎてしまっているでしょうか。あの美しい図書館で、どのような夏が過ごせるのか、考えるだけで気持ちがたかぶります。

先の本については、読むことが出来てよかったです。データでもお送りしようかと思っていたところでした。

さて、わたくしごとですが、移住の手続きに入りました。冬に入る前には、と思っていましたが、やはり手続き上、書類の審査で数ヵ月かかることもあり、冬の間は難しいようです。

審査が通り次第すぐにでも、と思っています。

そちらでの住居も決めました。図書館までは、よき散歩コースになりそうです。

先生も、さえずり町を散歩することがあったのでしょうか。あまり、想像出来ませんね。

あの方は、本の虫でしたから。——。

夏を越え、秋を越えて、さえずり町にまた冬がやってきた。

その年は記録的な暖冬で、ほとんど雪が降ることはなく、番犬であるポルカも、タンゴくんの家に預けられることはなく、少し緊張した面持《おもも》ちのワルツさんに、屋敷の中に招かれた。ポルカは誇らしげに尻尾を振りながら、広い玄関に置かれた我が家に入っていった。

季節は過ぎていった。


そして、さえずり町に春がやってきた。

つぼみのふくらみかけたその時期に、拝島さんはサエズリ図書館に現れた。さえずり町に。この国に。約束を守るように。

「やあ、久しぶり」

ちょうど一年の月日がたって再会する拝島さんは、その年齢を感じさせず、より若々しくなっていたようだった。開襟《かいきん》のジャケットで、相変わらずおしゃれで整った髭だった。

「お久しぶりです」

そうワルツさんは淡く笑って言った。そうしてまずは、深々と頭を下げた、わざわざ複雑な手続きや支払いをして送ってくれた、郵便物の御礼を言わなくてはならなかった。

「いいや、いいんですよ。頭を上げてください。……ああ、なんだか、久しぶりだとは思えないな」

これを、と彼が渡したのは、大きすぎることはない花束だった。

「来る途中で、美しかったので」

冬の終わり、まだ冷たいながらも充分に明るい日差しの中で、目を細めながら拝島さんは言った。

ワルツさんは驚いたが、すぐに顔をほころばせ、図書館に飾ると言って受け取った。

「わたしも、久しぶりとは思えません。だって、お手紙をいただいていましたからね」

ワルツさんの微笑みは穏やかだった。

「もう、会っているようなものです」

文字と言葉を交換するのは、心に触れるようなものだ。そしてそれに質量があるなら、なおさら。拝島さん、とワルツさんが名前を呼ぶ。

「身分証のご用意は出来ましたか？　是非、今日は、この図書館の利用者カードをつくってください」

「もちろん」

そして、この図書館のカードをつくったならば。

「あなたの案内で、本を借りられますか？」

もちろん、と、ワルツさんは答えた。

それから拝島さんは、三日と置かずにサエズリ図書館に現れるようになった。スープのさめない距離に暮らし、自宅で研究に専念しているらしい。

上緒さんはたびたびその姿を見つけては、探偵よろしくその動向を窺《うかが》っては、「やめておけよ」と森屋《モリヤ》さんに嫌な顔をされたりした。

「先日なんてね！」

見ちゃったんだよ、と懲りずに上緒さんが報告した。

あの拝島さんが、書架の間で静かな声で、ワルツさんに言うところを。

『もしもよければ、先生の書斎を見せてもらいたいものです』

それってつまり、おうちに入りたいってことじゃないですか⁉　と上緒さんは興奮していた。

出会って数年、今はようやく、互いのおうちも行き来するようになった、上緒さんと森屋さんだけれど。

けれど森屋さんはその話を聞いて、小さく鼻を鳴らし。

「でも、ワルツさんは断ったんだろ」

と、読んでいた本から顔を上げずに言ったものだった。

それは……と上緒さんは視線を泳がせた。確かに、ワルツさんは困ったように笑うだけで、はっきりと返事をしていなかった。

なにがいけないのだろう。やっぱり、親と子くらい、年の差があるからかな。

いいと思うのにな、と上緒さんは思う。少なくとも、拝島さんはすごく素敵な人だし。お金を持っているし、語り合える思い出も持っている。

とにかく、孤独にならない方がいいだろうと上緒さんは思っているのだ。生きるのが必ずしも簡単なわけではない今だから。

誰かと生きていけるなら、それがいいだろう。

「そうかな」

森屋さんは、眼鏡を押し上げながら懐疑的に呟《つぶや》く。

「ひとりで生きていく、力だって大事だろう」

それをくれるのが読書じゃないかと、森屋さんは思うし、ワルツさんだって、そうじゃないのか。

それでも、誰かと生きることは、決して、不毛なことではないのだけれど。

拝島さんがサエズリ図書館に現れる日は、決まってタンゴくんが警備の仕事をしていた。休館日も通いに来てもいいかと言ったのは、ポルカの面倒を見るためだとタンゴくんは主張したけれど、それ以外の意図もあったのかもしれない。ポルカがやってきて、もう数年が経ちつつあった今では、ワルツさんは、そうっとポルカをなでられるまでになっていた。

むしろ生活に慣れたのはポルカの方なのかもしれない。他の利用客やタンゴくんに見せるような、はつらつさはなく、ポルカはワルツさんを前にすると、頭をぺったりと下げて、遠慮がちに、ワルツさんのつま先に顎《あご》を載せた。

その頭を、ワルツさんがゆっくりと、なでる。躊躇いがちに、少しばかり緊張しながら。それでもポルカは待っていた。信頼を寄せて。その信頼に応えたいと、ワルツさんは思っている。

「かわいい犬ですね」

「拝島さん」

かけられた声に、ワルツさんが顔を上げた。

拝島さんはその日珍しく、高級そうな仕立てのスーツを着ていた。まるで礼服のような整った型に、しっかりとネクタイをしめて。

そして、少しばかり興奮した面持ちで、ワルツさんに言った。

「いい報せがあります。悪い報せも……と言いたいところですが、いい報せしかありません。聞きますか？」

そのもってまわった言い方に、なんでしょう？　とワルツさんが首を傾げる。

「僕がもといた大学図書館の、研究室の書籍を買い取ることが出来ました」

拝島さんは、サエズリ図書館を仰ぐように見て。

「こちらの図書館に寄贈したいと思っています。義昭《よしあきら》文庫の、新しい仲間に加えて欲しいんです」

ワルツさんはその言葉を、夢の中にいるように受け止めた。

「パパの、本が……」

買い取る、と拝島さんは一口に言ったが、そのために、どんな富を費やしたのか、もしくは彼のどんな頭脳を捧げたのか。経緯を拝島さんは語らなかった。

彼は国を背負うような研究者であり、科学者だ。

それが小さなものでも少ないものでもない、ということはワルツさんにも容易に想像がついた。

「嬉しくは、ありませんか？」

覗き込むように、少し身をかがめて。

「いえ、嬉しいです。嬉しいですが……」

少し躊躇《ためら》いがちに、ワルツさんは言う。

「拝島さんから、どうしてそこまでしていただけるのか、わかりません」

少しだけ、二人の間に沈黙が落ちた。平日の、入館者の少ない昼下がり。

外には桜が咲いていた。

「理由を言っても、いいのですか？」

試すような言葉だった。少しばかり躊躇いをにじませて。けれど、ワルツさんの返答を待たずに、思い切ったように、拝島さんは、言った。

「ユイさん」

誰も呼ばない、その名前を呼んで。

ひとりの男性から、ひとりの女性へ。

「あなたを愛しています。結婚してください」

彼がそう言いながら、ポケットから取り出したのは、小さなケースに入った、まばゆいきらめきの、細い指輪だった。

大切な資料を扱う手仕事で、邪魔にならないような。けれど、決して安物でないことは、ワルツさんにもわかった。

春の風が二人の間に流れ。

そのきらめきに、ワルツさんが目を細める。

返答は……迷いのないものだった。

「ごめんなさい」

拝島さんが一歩踏み出す。

その返答を、半ば予測していたかのように。

「僕ではいけませんか」

あなたと生きていくのが、僕ではいけないのかと拝島さんが繰り返した。ゆっくりとワルツさんはまつげを下ろし、首を横に振る。

そして、拒絶の理由を告げた。

「わたしは、ずっと、かなしんでいたいんです」

震えるように小さな声で。

けれど、はっきりと。

「さみしくおもっていたいの」

と言った。

「それが、わたしに出来る、パパへの最後の愛だと思うから」

誰の手も取りたくなんてない。

慰《なぐさ》めなんていらない。

ひとり、本を抱いて、
永遠に嘆いていたい、とワルツさんは言った。

それは深い、あまりに深い悲しみであり、それ以上に深い愛情の発露でもあった。そのわがままを、本だけは叶えてくれるはずだった。

ワルツさんの返答に、ふうっと、拝島さんの顔から表情が消えた。

しかしそれも束の間のこと。すぐに拝島さんは労《いたわ》るような表情をして、

「ユイさん」

と繰り返した。

「あなたの気持ちが変わるまで、ここに通っても構いませんか?」

「わたしの気持ちは変わりません」

返す刀で告げられるワルツさんの言葉ははやかった。毅然として、揺らぎがなかった。

ぐっと拝島さんは手のひらに力をいれた。

「でしたら」

痛みに顔を歪めるようにしながら拝島さんは言い募った。

「研究室の本は、僕が買い上げる形になってしまうんですよ。その本の、寄贈の条件として……こんな風な言い方はしたくはありませんが……」

「焦らないで」

宙を押さえるような、小さな仕草で、ワルツさんは拝島さんを制止した。

自分と一緒にならなければ、本は手に入らないという意味の言葉を、それは「焦り」であると一蹴した。

「焦らないでください。思い直して。そして、どんなに時間をかけても、同じことです」

わたしの心は変わることはない、とワルツさん。

「思い直す、とは……」

拝島さんが言葉を続けようとしたのを、

「拝島さん」

ワルツさんが、その名前を呼ぶことで制止した。

拝島さん。わたしのパパの、技術と知識を継ぐひと。

「あなたは、もう少し」

穏やかな声色で、優しい表情で、けれど、言葉は、不思議なほどにさえざえとしていた。

「本を信じた方がいいですよ」

え？　と拝島さんは、聞き返す。

桜の舞うサエズリ図書館で。

ワルツさんは少しだけ暗い瞳で、拝島さんを舐《な》めるように見た。そして、静かに告げた。

「それから、嫉妬はもっと上手にお隠しになった方がいいと思います」

その言葉は、声の色調は、甘い季節、プロポーズの現場にはあまりに不似合いだった。

「……嫉妬？」

まばたきをせずに、拝島さんは首を傾げる。僕が？　なににでしょう、と笑みさえ浮かべて。

ワルツさんは顔をそらし、静かに言った。

「あなたが送ってくれたパパの手帖の読書記録のうち、どこからが、あとで書き加えたものでしたか？」

「は……？」

拝島さんは首を傾げたまま、けげんな顔をしてみせた。ワルツさんはまぶたをゆっくりと下ろして、強く心を決めた声で言う。

「あそこに書かれていた本をすべて、パパが読んだというのはあり得ないんですよ」

おかしいと思ったのは、最後から二冊目の本です。

図書館の蔵書にはないとあなたはおっしゃっていましたが、本はここにありました。サエズリ図書館の蔵書ではなく――パパの私室に。

ワルツさんのその説明に、「ああ」と拝島さんは肩を落としながら笑った。

「先生が、読み終えたあとに、持ってきていらしたんですね」

読み終わった本を。そう言う拝島さんに、「いいえ」とワルツさんは言った。

「その本の、スピンは、最初のページにあったままでした」

割津義昭は几帳面《きちょうめん》な人間だったから、購入した未読の本は、スピンがあればそれを最初のページに、既読の本であれば最後に挟むはずだった。

拝島さんの顔から、完全に表情が消えた。

「そんなはずは……」

「そんなはずはないですよね。でも、本は、そうだから」

読むことで、手に取られることで、変化する。本は語っている。まだ、読まれたことはないと。だとすれば、間違っているのはこの記述の方だと、ワルツさんは言う。人と、本であれば。本を信じるのが、ワルツさんなのだろう。

「筆跡はトレースでしょうか。よく似せてありましたが、ペンのインクの解析をすればすぐにわかります」

「いや、なにを」

焦り、止めようとする声。けれどワルツさんは、糾弾《きゅうだん》をやめることはなかった。

「あの、文面も……つくったのは、あなた、ですか？」

「いいや、僕は……」

拝島さんは、取り出した指輪を、ポケットに、しまった。その時に、すべての「方向性」を変えた、のかもしれない。

風の吹く方向が変わった、とワルツさんは思った。

二人の間に、沈黙が下りた。

視線を落とし、自虐《じぎやく》めいて唇を引きつらせて。

「本当に、本は、面倒だな」

そう、拝島さんは呟いた。

それを、ネガティブな感想だとは、ワルツさんは思わなかった。大切なものはいつだって、重たくて面倒だから。

次に拝島さんが顔を上げた時、彼はこれまで見たことない強い表情をしていた。

「しかし、あの、読了記録は先生のものだよ。先生が、生きていたら読んでいたであろう本、言っていたであろう言葉だ」

そうは思わなかったか、と拝島さんは言った。強い視線は、奥にくすぶる火があるようでもあった。

「僕が、つくった。いや……僕が残したんだ」

割津教授が死したあとも、彼の頭脳と意識を、プログラムとして構築出来るなら。

読まれなかった本の読書記録も、つくれることだろう。

すうっとワルツさんの目が、細められる。

ワルツさんはそして、ひとこと問うた。

「ヒビキさんは、お元気ですか？」

その言葉に、今度こそ、拝島さんの表情が凍った。

「不確かなことは、今は問いません。あなたがサエズリ図書館に来ることを、心から歓迎します」

あなたとのやりとり、とても楽しかった。

「でも、これ以上、パパの言葉を生成しないでください」

あなたには、あなたの自由がある。

そして、わたしには——わたしの気持ちがあるのだと。

ワルツさんはそう言った。深くは問わず。すべてを不問にして。

拝島さんは、ポケットに手を突っ込んだままで、ぐっと奥歯を噛む仕草をした。そして、低い声でうめくように呟いた。

「『彼女』を、破壊したのは、あなたじゃないか」

次に彼の表情に浮かんだのは憎しみだった。ワルツさんは素早く何度か、首を横に振り、髪の先が揺れた。

これ以上、その話はしたくないという意思表示だった。そのままワルツさんは拝島さんに背を向け、歩き去ろうとした。

その背中に、手を伸ばそうとした、拝島さんが、ポケットから取り出したのは。

小ぶりな、けれど刃の隠されたジャンピングナイフだった。

「——後悔を、するぞ」

そのまま、血走った目で、ワルツさんの背中、ちょうど首の、脊椎をめがけて、拝島さんのナイフが振り上げられる。

その瞬間だった。

「ワルツさん！」

大きな声が響いた。犬の吠える声とともに。

ナイフを振りかざした拝島さんとワルツさんの間に、強引に割り込んできたのは、警備員のタンゴくんだった。タンゴくんの手に、突き刺さる、不快極まりない、音。銀歯と銀歯があわさるような、硬質の音だった。

「タンゴくん！」

振り返ったワルツさんが声を張りあげた。

「下がってろ！」

叫ぶワルツさんの肩を突き飛ばして、タンゴくんは拝島さんに向き直った。

その手の甲には、深々と、貫通しかけたナイフが突き刺さり。

けれど——流れるべき血は、流れてはこなかった。

「……ざけんなよ、てめぇ……」

モーターの、音。

それは、振り上げた、彼の手、その内部から、聞こえていた。

緊急ベルが鳴り響くサエズリ図書館で、拝島さんがタンゴくんによって床に押さえつけられていた。

「ユイ！」

叫び声が響く。近づいてくるパトカーの音をかき消すように。

「僕の手を取れ！」

延ばした手にはもう、指輪もナイフもなく。

ワルツさんは、青白い顔で佇《たたず》んだまま、きゅっと唇を結んで拝島さんを見下ろしていた。

「君が死んだら、この図書館はどうなると思う！」

タンゴくんが、手袋の裂けてむき出しになった機械式の義手で、その口をふさごうとする。

「僕なら、君を死なせない」

警察が駆け込んできても、彼は叫び続けていた。

「プロフェッサーが死なないように、だ！」

生きろ、人よ。

生きろ、本よ。

永遠に、生きてくれ、この世界でも。

それは——呪詛《じゅそ》というにはあまりに悲痛な、嘆きと祈りだった。

駆けつけた警察官と警備会社の人間達が、事をおさめ、事情聴取を経て、ワルツさん達が解放されたのは夜中のてっぺんを回っていた。

図書館は数日の休館を余儀なくされるかもしれない。

タンゴくんは、腕は大丈夫だから家に帰ると主張はしたが、ワルツさんは無理を言ってタンゴくんを自宅へと連れ帰った。

彼女の父親が死んでから、ワルツさんの他は誰も足を踏み入れることのなかった書斎で、ワルツさんは悲しい顔をしながらタンゴくんの手に包帯を巻いた。

義手の破片が、飛び散らないように。

タンゴくんはずっと気まずそうな顔で、ワルツさんとは目を合わせずに、けれどとつとつと、「ガキの頃に」と言った。

ガキの頃に、住んでいたところの、デパートで、爆発があって。俺、カートを、押してたんスよね。めんどくせぇなって、母親が、目の前にいて。

――ハハオヤ、と、腕、もってかれました。

あの戦争《ピリオド》は、多くのものを奪い、落としていった。

戦後からしばらくも、様々な社会的な混乱があり、その中でも都市部に近い場所ほど多くの事故や事件があった。

その、どれもが、生き残った人には痛いものばかりだ、とワルツさんは思っている。

タンゴくんの腕は、精巧だった。けれど、人工皮膚までは、先進医療になってしまうから間に合わなかった、と彼は言った。

「すんません、ワルツさん」

むき出しの、機械細工《マシノイド》。そこに、毎日手袋をはめて。

「俺の手、本の、ページを、めくれなくて」

その時、はじめて、本当にはじめて、ワルツさんの目に、涙が浮かんだ。


はじめてタンゴくんに会った時に、ワルツさんは彼に問いかけたのだ。

あなたはどんな本が好き?

タンゴくんは、その、少し青白い横顔を、今みたいに視線をそらして。

『──本、好きじゃないんで』

そう、低い声でそれだけを言った。

『あら、どうして?』

ワルツさんは、そう尋ねた。驚いて、素直に、無邪気に。

それがどれだけ、残酷な問いかけかも、知らずに。

ワルツさんの浮かべた涙を、タンゴくんは哀れみだ、と受け取った。

こんなのは、きっと、後悔で、哀れみだ。

嬉しくはなかった。

ただ、本当なら、ばれたくはなかった、と思った。

ばれたくはなかった。知られたくなかった。この、優しい、美しい女性が。

こんな風に、自分の言葉で泣くところを、見たくはなかったから。


「ごめんなさい」

うなだれたワルツさんが、悲しみに喘《あえ》ぐように言った。

「わたし、あなたに、ひどいことを」

「ひどくない、別に」

タンゴくんが憤《いきどお》りを隠しきれずに言った。強がりではなかった。別に、そんなのひどいだなんて思ったことはない。

無事だった方の腕を持ち上げて、震える肩に触れようとして、下ろした。

自分のこんな腕で、触れていい相手ではないと思ったし、それより言わなければならないことがあった。

「ワルツさん、あんたは」

今日の光景を、何度もまぶたの裏で、繰り返す。盗み見るような形から、咄嗟《とっさ》に身体が動いて、間一髪で、間に合ったけれど。

あんたは、今日、あの時。

「刺されてもいいって、思ったんじゃねぇの」

「そんなの、思ったことは、ないわ」

涙に濡れた声で、ワルツさんが言う。けれど、それから大きく息を吸い、吐いて。

「――でも、刺されることだってあるのかもしれないって、あの時思った」

「なんで」

なんで、あんたが、刺されなきゃなんないのとタンゴくんが問えば。

「わたしが」

うなだれたままで、ワルツさんが言う。

「欲張りだから」

今更だ、と思った。だからタンゴくんは今度こそ、ワルツさんの肩を摑んだ。抱くでもなく、慰めるでもなく。

触れ合いというには、あまりに強い力で。

体温のない、指と手ではあったけれど、

「あんたは欲張りだよ。その欲張りの分だけ、重たいもんを、ずっと持って生きていってんだから」

それは知であり。

同時にそれは物体だ。

時間かもしれないし、想いかもしれないし、あるいはもっと違うなにかかもしれない。

すべてをその細い肩、薄い背中に背負っているのだから。

「誰の手だって借りればいいし、守られたって、いいはずだろ」

俺も、いるから。

その言葉に、ワルツさんは上目遣いに、問いかけた。

「いいの？」

あなたがいてくれると、思っていいの？

タンゴくんはひどく気まずげに眉を寄せた。そんなことを、今更聞き返されたくはないと思った。

「そのために、ここにいるんだと思ってた。俺は」

こんな手だけど。

こんな腕でも。

別に本なんか好きじゃないのに、どうしてここにいるのかといえば。

それ以上は、言葉にはならなかったけれど。

いいの、とうわごとのようにワルツさんが言った。

いいの？

わたしのために、いて欲しいと、言ってもいいの。

いいの。

わたしは本ほど人を、愛せないかもしれないけれど、いいの。

繰り返し、繰り返し、そんな風に許しを乞う言葉に、タンゴくんは途方にくれたように天井を見上げながら。

今更だよと、小さく呟く。

そんなの、全部、今更だよ。


図書館の防犯カメラの画像もあり、拝島は、傷害罪の現行犯で逮捕されて取り調べを受けたのだという。

今回の事件について、警察は最初は男女間のトラブルだと見立てたようだったが、拝島がワルツさんの父親の、かつての教え子であると聞いて彼らも少し姿勢を改めた。

彼は確かに高名な研究者だったのだった。専門分野は、記憶回路《ネオメモリ》と——その動作を助けるための人工知能のプログラミング。

拝島はサエズリ図書館館長であるワルツさんと、婚姻関係を結ぶことにより、サエズリ図書館の蔵書を手にいれようとしたと警察は見立てたようだった。

それらは確かに拝島の供述したことでもあった。

……割津義昭のことを心から尊敬していた。

彼が米国から日本にフィールドをうつしたあとも、頻繁なやりとりがあった。それも、戦前《B.P》までの間だった。それから二度と直接会うことはなく、葬儀にも参列することが出来なかったが、自分こそが彼の一番の弟子だと思っていた。

けれど、研究者である彼はすべての知財を本に換え、その本を、図書館ごと、養子に迎えた少女に相続させたのだと聞いた。

その時には、怒りはなかった。けれど、大変なことになったと思った。彼の『知』は、遺《のこ》されなければならないものだと。

一時は、ヒビキユウという司書AIを改竄《かいざん》し、サエズリ図書館の蔵書をすべて、電子化することを望んだ。

少しずつ、一冊からでも。膨大な量の情報処理は、人間よりもコンピューターの方がはやい。

しかしそれは頓挫《とんざ》し、HIBIKIはサエズリ図書館の中の攻撃プログラムによって破壊された。

次に彼は、こう考えたのだろう。物理的な本は、物理的に、手にいれるしかない。

出会ったことのないその養子について、恩師の娘として、大切にしたいとも思っていた。

ただ、その感情の中に、嫉妬がなかったかと言われれば。

拝島は取り調べ室で黙り込んだ。

そして、求婚を断られた拝島が、どうして凶行におよんだのかといえば。

のちに彼は、こう供述していたという。

――殺そうと、までは、思っていませんでした。ただ彼女が死にかけた時に、どうなるか見てみたかった。その際に、自分の技術と宝を、一体誰に渡すのか。それを、かけらでも考えてくれるのかって。そんなことで僕を選ばないという、確信はもちろんありました。それでも、僕を選ばなくても、僕の技術を選ぶんじゃないか。そう思ったんです。彼女ならば、自分の心よりも、本を取ると、そう思っていたのです。

彼女の脳にある回路は、誰にでも扱えるものではない。けれど、自分なら出来る、自分と、自分が残した、恩師のＡＩプログラムがあれば。

多分、僕は、自分の引導を渡し間違えたんです。

罪は、償います。

もとより、そのために、第二の母国でのすべての地位を捨ててきたのだと拝島はうなだれた。

ああ、それでも。

そう、拝島は言ったという。

それでも僕も、あの図書館が、欲しかったな……。

警察に引き渡されたのち、彼はサエズリ図書館に現れることはなかった。ただ、賠償のひとつとして、いくつかの米国の書物の寄贈の申し出が、弁護士を通してワルツさんのもとに届いた。

ワルツさんは、出来ることならその本を、彼自身が持ってきて欲しいと伝えた。

「その手で、わたしに渡してください」

だって、あなたの本だから。

御礼は、わたしはあなたに言いたい、とワルツさんは、手紙に書き添えた。

今でもワルツさんは思っている。きっと、彼との文通は、楽しいことだったのだ。心躍ることだったのだ。それが、なんらかの目的をもって行われたことだったとしても。

「あいつ、また来たら、本を貸すの」

とタンゴくんがワルツさんに問えば。

それをのぞむのなら、とワルツさんは答えた。

それが、図書館ですから。

あんた、いつか、ほんとに刺されるぞと呆れたようにタンゴくんがぼやけば。

その時も、助けてくれるんでしょう？　としたたかな返答。

しばらく皆が騒がしさとともにワルツさんのことを心配してくれたが、時間が経つにつれ本来の静けさを取り戻した。

そして、図書館で花壇に水をやりながら、ワルツさんは言うのだ。

「ねぇ、本当に、わたしが死んだら、どうしましょうか」

サエズリ図書館の蔵書を、電子にすることで永遠にしようとした拝島さんは、きっと確かにこの図書館の本を愛していたのだろう。

もしも、ワルツさんが死んでしまったあとにも、それを、誰かに残そうとするために。

本は、生きている人のためだ。手から手にしか、人を介してしか存在はしえない。

データは永遠かもしれない。

本が、データになれるのならば。人間だって、データになれるのかもしれない。その可否はワルツさんの知るところではなかったが。

拝島さんは、願ったに違いない。

ワルツさんのその問いかけに、隣でポルカと遊ぶタンゴくんは「知らねー」と心底面倒そうな様子で、ぼやくように答えた。

「誰かが、なんとかするんじゃ、ねぇの……」

それが、生きてるやつの仕事だろ。

ワルツさんは、ワルツさんの仕事をするんだから。

死んだあとのことまで、考えてやることも、ねぇだろうよ。

その答えは、あまりに若くて。

ワルツさんには、まぶしくさえうつるのだ。

だって、生きてるやつのもんだろ、きっと。そう、タンゴくんは続けた。

本は、墓場まで持っていけても。

きっと、あの世までは持っていけないから。

「そうね」

アレクサンドリアを忘れるな。その言葉を何度も、心のうちにワルツさんは繰り返す。

重く、不自由で、面倒なものだから、愛おしい。愛に足る、形がある。

「俺はさ……」

としゃがみ込んだまま、タンゴくんが言う。

俺は。

本なんか別に、好きなんかじゃねぇけど。

本が好きな、あんたのことは——。

そう言いかけたタンゴくんは、言葉を切ってしまった。

言うべきじゃないと思ったのだろう。きっと、言うべきじゃない。

この手で、ワルツさんの肩を抱くべきではないと思ったように。今のままでいい。このままでいい。ただ、ここに、そばにいられるのならば。

けれど。

「そうね……」

ワルツさんは、タンゴくんを振り返ると、その隣、ポルカのそばに同じようにしゃがみ込み、タンゴくんの言い掛けた言葉を補い、引き継いだ。

「わたしも、わたしのことが結構好きよ」

その返答に、かすかに驚いたような顔で、タンゴくんは顔を上げた。

さわやかな初夏の風が、二人の間に吹いて。

ポルカは今日も、欠伸《あくび》混じりに伏せている。

こんな日が永遠に続けばいいと思うような日で、けれど、永遠なんて絶対にないということも、誰もが知っているのだ。

こんな時代に。いや、こんな時代じゃなくても。

孤独と永遠の間を、かなしみとともに生きていく。

それはひとりでもいいし、誰かとでもいい。

本という、不自由なものを抱いて。

その重たさを、大切だと確かめながら。


さえずり町と呼ばれる街がある。

美しいその街には、その町の名を冠した、美しい図書館があり、そこには、素敵な司書さんがいる。

紙の本を、人の手から、人の手へ、貸し出し続けるその司書さんは、皆に愛され、そして誰よりも本を愛している。

彼女のことを、利用客は、親しみを込めてこう呼んでいる。

サエズリ図書館のワルツさん、と。

第六話　サエズリ図書館のタンゴくん　終

単行本版あとがき

私が図書館に勤めていた頃、破れた絵本が返却されたことがありました。

今回作中でも触れられますが、形がある、ということは、壊れる、ということでもあります。紙は金属やプラスチックの頑丈さを持ち合わせてはいません。濡らせば濡れるし、破ることも簡単です。故意ではなくとも、破損してしまうことはあるでしょう。

同時にそれが、本が生活に寄り添っている、ということでもあると思います。私達の時代はまだ、無菌室で手袋をはめて、ページを手繰《たぐ》ることはしなくてもいいのです。

「子供が、破ってしまったんです」

と、その利用者さんはカウンターで言いました。絵本のページを開いて。大変申し訳ない様子でしたが、図書館員にとっては珍しいことではありません。

このような申告が返却時にされることもありますが、そうでなくとも、返却された本は一度、簡単なチェックをします。その時点で、破損が見つかることがあります。簡単な修理で済むものは修理に回しますし、どうしても修理が難しいもの（雨や飲み物による水濡れなど）は弁償、という形を取ることもあります。経年劣化による破損（ページが抜け落ちるなど）は利用者に責任がないと見なされ、修理、もしくは廃棄されることが多かったように記憶しています。もちろんこれらのルールは、私が勤めていた図書館において、の話ではありますが。

その時の絵本の破れは、それほど大きなものではなかったため、常であれば修理に回して、修理スタッフの方に接着していただくはずでしたが、その時の利用者さんがとても器用な方だったのでしょう。

「破れ……？」

どこが該当箇所かわからず、返却にあたったカウンターのスタッフが目をこらすと、うっすらと、絵本のページにひびのような跡が見えました。

本にもやはり、直し方があります。セロハンテープなどで接着をされると、変質することもありますので、出来れば、直さない状態で返却、申告していただくことがベストです。けれど、その時の修理は、方法はわかりませんでしたが、とても見事なものでした。

「スカウトをしたいくらい」とカウンターのスタッフが頷《うなず》いていたのが印象的です。

本の修理、ときくと、そんなエピソードを思い出します。すべてのものごとにおいてそうだとは思いますが、傷ひとつとっても、多分、物語があるのです。

今回「サエズリ図書館のチドリさん」では、本のお医者さんこと図書修復家が描かれます。そして、一生の仕事を決める、その決断について。

夢は、あったほうがいいと思います。そして、それはもちろん、叶ったほうがいい。

ささやかなものでも、壮大なものでも。けれど、世界中すべての人が、自分が叶えるべき夢に出会えるわけでもないのでしょう。

どうしようもない絶望がそこに生まれるかもしれません。虚無が、あるかもしれません。けれど、そういう傷と、痛みに、なぜか本は、よく効くのです。

今回は、そんな物語でもありました。

短編集であった一巻とは少し趣向を変えて、中編「サエズリ図書館のチドリさん」、そして、「サエズリ図書館のサトミさん」という短編の同時収録となりました。

「サトミさん」は『ワルツさん』が刊行されるよりもっと前にアスキー・メディアワークスさんで書かせていただいた短編です。当時は独立した短編ということもあり設定についてはぼかしてありますが、サトミさんは『ワルツさん』に出てくるサトミさんと同一人物です。

このような形で一冊にまとめられて、とても嬉しく、ここに出てくる本多《ホンダ》くんにも「チドリさん」で再登場願いました。

「サトミさん」はもう当時の形で購入することが出来ませんが、アスキー・メディアワークスさんにより、電子書籍の一編として収録されています。

その形もまた、なんだか運命の妙を感じます。

紙の本であったり、電子であったり、様々な形を取る、『サエズリ図書館のワルツさん』ですが、このたびとても素敵なご縁があり、講談社さんの雑誌、Kiss PLUSにおいて、楠田《くすだ》夏《なつ》子《こ》さんにコミカライズをしていただいています。
漫画の形。雑誌の形。またこれも、『本』だとワルツさんが幸せそうに笑っています。
どうぞこちらも、よろしくお願いいたします。

私事ですが、年明けから様々な身辺の変化があり、今回はなかなか辛い執筆でした。私の方が、ワルツさんに助けられていたように感じるし、私の不出来をカバーしてくださった編集者さん、そしてどんな時でも、すばらしい仕事をしてくださった装画のsimeさんには頭が上がりません。
今回のイラストも、『サエズリ図書館』の世界観を、最上の形でぴったりと、一冊の本に閉じ込めてくださいました。本当に幸せです。

じわじわとにじり寄る、電子書籍の足音を、おっかなびっくり聞きながら。
私は今日も本を、読んでいます。
そしてやはり本にするため、小説を書いているのです。

二〇一三年七月　紅玉いづき

文庫版あとがき　愛には愛を、本には本を

ここに一冊のノートがあります。

書き込みをはじめた日付は、書いてありませんでした。多分、この小説を書きはじめる前ですから、十年以上は前のものでしょう。背がほつれて半分割れたノートの表紙には、手書きの文字で『サエズリ図書館のワルツさん』とあります。

ノートを開くと、登場人物と書いたページに、ワルツさん、サトミさん、タンゴくん、そしてワルツ教授と並んでいます。

そして、その次のページには、こんな一節が書いてありました。

「明日世界が終わるとしたら?」

問われたワルツさんは、「うーん、そうね」としばらく考えて、そして答えた。

「やっぱり、図書館をあけると思うわ。この図書館は、私の宝物だもの」

本文にいれる場合はもう少し表現が変わると思いますが、これが、手書きの原文ママです。

こういう話を書こう、と決めたのだと思います。

またページをめくれば章タイトルの仮案があり、いくつかのシーンが続きます。ワルツ教授とのシーン、データが魂であると話すシーン。

そして、タンゴくんとのシーンがいくつかでした。

結局、この設定ノートから書くチャンスがあったのは、タンゴくんのエピソードでは出会いのシーンのみでした。

そして去年、文庫化にあたってもう一冊、色味の似たノートを下ろしました。今度はちゃんと、日付をいれて。

一冊目よりもっと、断片しか書かれていないノートですが、こんな一節がありました。

　生きろ、人よ。
　生きろ、本よ。

その手書きの文字が……作中においてはどんな風に使われたのかは、お読みになる方に確かめていただくとして。

今回、書き下ろしである「サエズリ図書館のタンゴくん」を書くにあたって、一冊目の設定ノートにあった、タンゴくんのページから、いくつかの文章をすくい上げました。

また、一巻「サエズリ図書館のワルツさん」の章において、分岐として描いた別のラストシーンがあって……その原文を確認してはいないのですが、今回の書き下ろしはそれも受けているな、と自分で感じました。いろんな情景が浮かび、泡のように消えて、そして、この文庫本だけが、残りました。

ずいぶん遠回りになり、時間がかかったけれど。

このお話を、書かせてもらってよかった、という、特別な感慨があります。

これをもって、『サエズリ図書館のワルツさん』文庫化が終了です。

お気に入りの物語と、思うよりも長く一緒にいさせていただいて、すべてを書いた、ような気もするし、一方で、大切なことを書き切れなかったな、と感じてもいます。最近生まれた、持て余してる本と人間に対する感傷を、もう少しきちんと落とし込みたかった。けれどそうするには私の中でも熟成が足りなかった、そんな部分がありました。

だから、多分、まだ、もう少し、いえ、もしかしたら少しではないかも。

素敵な図書館司書について、そして素敵な図書館について、今後も書くことがあるかもしれません。その時は是非、出会ってもらえたら嬉しいです。本と、読者という形で。ワルツさんにとってもそれが、一番嬉しいことだと思うから。

かつて美しい本として生まれたこの物語は、今、美しい文庫になりました。

その姿を飾ってくださった、sime さん、長きに亘《わた》る愛情をありがとうございました。

本をつくる工程においても、様々なものが電子化、自動化される中で、この本は、驚くらい丁寧《ていねい》につくっていただきました。その仕事に応えられるように、私も繰り返し繰り返し向き合いました。担当さんが、営業さんが、本屋さんが、そして読者さんが、この物語に手を差し伸べてくれました。

私ひとりでは、書けなかった物語です。

今回収録となりました、「電子図書館のヒビキさん」では、地元石川県立図書館の上田《うえだ》敬太《けいた》郎《ろう》さんに、「AI司書について」の大変詳しいリファレンスを受けました。かつて私の勤務していた図書館とは違うけれど、最新となった県立図書館は、とても美しく、先進的で、そして――どこか、サエズリ図書館に似ています。

愛には愛が返るね、とワルツさんに言えば、彼女もきっと、嬉しそうに笑ってくれることでしょう。

ワルツさんを書く時、なんだか自分が少し、優しくなるような気がします。この気持ちが、読者さんとも同じであれば、いいのだけど。

決して、生きやすいとは言えない世界です。苦しいことも、悲しいこともたくさんある。

でも、本は、物語は、そばにいます。

私の書く物語も、そばにいさせてくれたら、嬉しいし。

その時は、また、少しでも、優しく出来ますように。

そんなことを思いながら、物語の筆を置けば。隣でワルツさんが、「休憩でもしましょうか」

と本を持っていることでしょう。
きっと、またいつか、どこかで。
それまでどうぞ、よい読書を。

二〇二三年四月　紅玉いづき

本書は二〇一三年、星海社FICTIONSより刊行された作品に、『紙魚の手帖 vol.09』(二〇二三年二月号)に掲載された「サエズリ図書館のワルツさん 電子図書館のヒビキさん」(改題)と、書き下ろし「サエズリ図書館のタンゴくん」を加え、大幅改稿したものです。

検印
廃止

著者紹介　1984年石川県生まれ。金沢大学卒。2006年『ミミズクと夜の王』で第13回電撃小説大賞〈大賞〉を受賞し、07年同作でデビュー。他の著作に『現代詩人探偵』『毒吐姫と星の石』『ブランコ乗りのサン＝テグジュペリ』『大正箱娘』『15秒のターン』などがある。

サエズリ図書館の
ワルツさん 2

2023年6月30日　初版

著者　紅《こう》玉《ぎょく》いづき

発行所　（株）東京創元社
代表者　渋谷健太郎

162-0814／東京都新宿区新小川町1-5
電話　03・3268・8231-営業部
03・3268・8204-編集部
URL　http://www.tsogen.co.jp
暁印刷・本間製本

乱丁・落丁本は、ご面倒ですが小社までご送付ください。送料小社負担にてお取替えいたします。

ISBN978-4-488-48913-7　C0193